Dit Boekenweekgeschenk wordt u aangeboden
door uw boekverkoper

Mixed Sources
Productgroep uit goed beheerde
bossen, gecontroleerde bronnen
en gerecycled materiaal.
www.fsc.org Cert no. CU-COC-802528
© 1996 Forest Stewardship Council

Kader Abdolah

De kraai

EEN UITGAVE VAN DE STICHTING CPNB
TER GELEGENHEID VAN DE
BOEKENWEEK 2011

Stichting Collectieve
Propaganda van het
Nederlandse Boek

Dit boek is gedrukt op 100% chloorvrij geproduceerd papier

Productie: Uitgeverij De Geus BV, Breda
Zetwerk: Uitgeverij De Geus BV, Breda
Druk- en bindwerk: Koninklijke Wöhrmann, Zutphen
www.cpibooks.com
Omslagontwerp: Riesenkind
Foto omslag © Getty Images/Stone+/Catherine Ledner

NUR 300
ISBN 978 90 5965 123 4

1. De winkel

Lezer!

Ik ben makelaar in koffie, en woon op de Lauriergracht, no. 37. Het was nooit mijn streven om koffie te verkopen, maar het leven heeft het zo bepaald.

Ik kom uit het voormalige Perzië, het land van de oude koningen, van goud, vliegende tapijten, beeldschone vrouwen en Zarathustra.

In het vaderland had ik de ambitie om schrijver te worden, maar in Nederland kun je met de pen geen droog brood verdienen. Daarom ben ik handelaar in koffie geworden. Als ik niet op weg ben, verkoop ik koffie in de kleine winkel onder mijn woning.

's Avonds na het werk wijd ik me aan het schrijven. Tot ongenoegen van mijn vrouw blijf ik dan de hele nacht in mijn kamer op zolder.

Ik moet bekennen dat ik de schrijver ben van het boek dat u zojuist in handen hebt gekregen, maar mijn naam is fictief. Zo heb ik geprobeerd om de makelaar in koffie en de schrijver uit elkaar te houden.

Sinds ik deze naam voor mezelf gekozen heb, kan ik in mijn geschriften het ware niet van het onware scheiden.

Soms vertel ik dingen waarvan ik twijfel of ze waar zijn, maar tot mijn verbazing komen ze geloofwaardiger over dan de waarheid.

Waarschijnlijk komt het door mijn vlucht uit het vaderland. Wie nooit meer terug naar huis mag, raakt in een staat van verbeelding.

Met die waarheid als basis ben ik aan dit boek begonnen.

Ik wil u vertellen wat er gebeurd is en hoe ik op Lauriergracht 37 terechtgekomen ben.

Voor het ogenblik neem ik afscheid van u; ik moet naar de beurs. Straks nodig ik u uit om met lezen te beginnen.

2. Het portret

Ik had een bijzondere vader, hij was timmerman.

Hij kon nauwelijks lezen, maar hij had altijd hetzelfde boek in zijn werktas.

Mijn vader was eigenlijk een kunstenaar, maar niemand in onze wijk kende het woord. 's Avonds tekende hij met zwart potlood op grote vellen papier. Vooral portretten van bekende historische personen, grote dichters, schrijvers en koningen. Hij hing de portretten aan de muren van ons huis. Mijn moeder, mijn zusjes en ik waren de enige mensen die hem zagen tekenen, maar we zeiden niets. We zeiden ook niets over de deuren, kasten en ramen die hij in zijn werkplaats maakte. Hij was gewoon onze vader, die timmerde en tekende.

Op een avond verraste hij me met een ongewone tekening. Hij had een portret van de sjah gemaakt dat sprekend leek. Ik vond het zo goed dat ik de tekening mee naar school nam om hem aan mijn tekenleraar te laten zien. Een maand later werden dat portret van de sjah en een foto van mijn vader naast elkaar afgedrukt in onze bescheiden stadskrant.

Het zou het hoogtepunt worden in de carrière van mijn vader als kunstenaar.

Mijn dierbare vader had me verboden om hem in zijn werkplaats op te zoeken. 'Je raakt gewend aan de geur van hout, ik wil niet dat je timmerman wordt.'

Ik wilde niet zozeer naar de winkel van mijn vader, maar naar de oude wever naast de winkel. De wever had een kleine radio. Ik ging naast hem zitten. Terwijl hij weefde overhandigde ik hem de kleurrijke wol en luisterde naar zijn radio.

Bij ons hadden de mannen allemaal gewone beroepen, zoals timmerman, kruidenier, metselaar, bakker, wever en kapper. Mijn vader zei: 'Het kan zijn dat iedereen hier met zijn handen werkt, maar de vader van je grootvader was een groot dichter. Jij moet ook proberen zo iemand te worden.'

Hij had een zwart-witportret van die overgrootvader boven mijn bed gehangen en hij zong zachtjes zijn gedichten voor ons als slaapliedjes.

Zo zorgde mijn vader ervoor dat de geest van onze overgrootvader als een lamp in de nis van ons oude huis brandde.

Later, toen ik een jongen van een jaar of vijftien was, wilde ik net als die man boven mijn bed een Perzische schrijver worden. Maar naarmate ik ouder werd en meer las, verloor ik mijn motivatie omdat ik besefte dat het onmogelijk was om ooit iets te maken wat het lezen waard zou zijn.

Mijn vrouw roept me, ik moet stoppen. De rest van het verhaal zal ik morgenavond vertellen, nadat ik de winkel gesloten heb.

3. De verbeelding

Onze stad was klein, maar we hadden een grote bibliotheek waar honderden banden van de grote Perzische meesters werden bewaard. Rijen oude boeken met bruine, zwarte en donkergroene kaften; van Hafez, Saadi, Rumi, Omar Khayyám, Attar, Ferdosi en vele andere onvergetelijke namen die de Perzische taal en literatuur hadden gevormd.

Zonder die klassieken voel ik me als een vis die uit zijn vertrouwde beek is gehaald.

Soms als ik op de beurs ben, betrap ik mezelf erop dat ik als in trance Perzische gedichten opzeg. De Hollandse koffiemakelaren stoten elkaar dan aan en zeggen: 'Kijk, de Pers is weer bezig met zijn koranverzen.'

Een jonge oom uit onze familie woonde in Teheran, waar hij in de filmwereld werkte. In onze stad had nog niemand een bioscoop van binnen gezien, maar oom Djalal werkte in een cinema die een Amerikaan er geopend had.

Op een avond betrapte Djalal me in de stadsbibliotheek.

'Niet bewegen, blijf zo staan tussen de kasten', zei hij en hij maakte een paar foto's.

'Vertel, waar pieker je over?'

Ik omarmde hem en kuste hem. Op weg naar huis luchtte ik mijn hart: 'Als ik naar al die boeken kijk, verlies ik de moed. De meesters hebben al over alles geschreven, ze hebben geen ruimte voor mij overgelaten. Wat ik ook schrijf, ik blijf altijd in hun schaduw staan.'

Oom Djalal was een levensgenieter, hij zei: 'Ach, jongen, je hoeft niet per se schrijver te worden; er zijn genoeg andere dingen te doen in het leven.'

'Ik wil niets anders', antwoordde ik.

'Dan zal ik je iets leren', zei hij zacht. 'Luister, ik heb bijna alle Perzische klassieken gelezen. De oude meesters beweren allemaal dat God een stuk van zichzelf in de mens heeft achtergelaten toen hij hem maakte. Hij heeft de mens een van zijn machtigste eigenschappen gegeven en dat is de kracht van de verbeelding. Het is een geheim waartoe alleen nobele mensen toegang hebben. Dus, jongeman, bedenk iets en maak het mogelijk. God heeft hetzelfde gedaan. Hij dacht aan een mens en hij maakte de mens. Hij dacht aan een zon en hij maakte de zon. Dat is het geheim.'

'Wat moet ik dan bedenken?' vroeg ik.

'Probeer je voor te stellen dat je het eerste exemplaar van je eerste boek in handen hebt en dat je van geluk je gezicht tussen de bladzijden drukt en de geur opsnuift. Begrijp je wat ik bedoel?'

'Ja, ik bedoel, nee, niet helemaal.'

'Neem Mohammad, de profeet, als voorbeeld. Hij was analfabeet, maar hij had een groot boek voor ogen. Hij kon zelf niet schrijven, maar hij hield mensen op straat staande en vertelde erover, hij vertelde over zijn boek. Zo schiep hij een groot boek zonder zelf een woord te schrijven. Anderen deden dat voor hem.'

Ik lachte: 'Oom, wat zegt u nu allemaal?'

'Het helpt ook in de liefde, maar vertel het niet aan je vader. Ik hou van mooie vrouwen en ik krijg wie ik ook maar wil.'

'Oom, u moet zulke dingen niet zeggen.'

'Luister,' zei hij serieus, 'je moet weten hoe en waar je ze wilt hebben. Alles moet eerst hier plaatsvinden.' Hij tikte met zijn vinger tegen mijn hoofd.

Toen we bijna thuis waren, fluisterde hij: 'Niet vergeten: in je hoofd.'

Leela was het mooiste meisje in onze straat. Ik dacht voortdurend aan haar.

Onze streek stond bekend om zijn paarsrode, sappige druiven, die de vrouwen in de herfst plukten. Thuis maakten ze er siroop van en drankjes.

In de stad met paarsrode druiven was ik verliefd op

Leela. We hadden contact met elkaar, maar het was bijna onmogelijk om samen te zijn. Vrouwen droegen buitenshuis een chador en lieten zich niet aan vreemde mannen zien. We spraken vaak af in de moskee naast ons huis. Van daar liepen we achter elkaar door de lange donkere gang naar de gebedsruimte. Leela enkele meters voor mij, terwijl ik zorgde dat ik haar niet uit het oog verloor.

Op een dag toen de gang leeg was, gaf ze me een appel. Ik wist even niet wat ik ermee moest, ik rook aan de appel. Leela glimlachte en ging de gebedsruimte binnen.

In ons vaderland bezoekt men elke donderdag massaal de begraafplaatsen. Daar veegt men de graven schoon, rolt een tapijt uit, zet thee en dadels neer en gaat naast de overledenen zitten. De donderdagavonden waren geliefd bij de jongeren. Men kon elkaar in de massa stiekem ontmoeten.

Op zo'n donderdagavond lieten Leela en ik onze eigen doden achter, zij ging voorop en ik volgde haar. Onze handen raakten elkaar per ongeluk. Ik wist niet waar ze naartoe wilde, misschien wel nergens heen. We dwaalden blij over de begraafplaats tot we bij de kleine tempel van de heilige Saleh kwamen, waar alleen vrouwen naar binnen mochten. Leela deed haar schoenen voor de deur uit, ging naar binnen en verdween achter het gordijn. Ik schoof het gordijn een stukje opzij. Leela stond daar en deed net alsof ze niet wist dat ik stiekem naar haar keek. Ze liet haar zwarte chador op de grond vallen en knoopte haar sjaal los. Ik zag haar haren voor het eerst, haar gouden ketting, haar oorbellen en haar donkergroene blouse.

Toen ze weer naar buiten kwam, had ik haar hand even vast willen houden. Maar in aanwezigheid van de heilige die daar begraven lag, deed je dat niet.

Ik volgde het advies van oom Djalal op. In mijn verbeelding zag ik hoe Leela haar voeten waste, de onderkant van haar rok optilde en in een grote kuip vol druiven stapte.

Nu moest ik handelen.

Het paste niet om als een dief over de daken te sluipen, maar wat mijn oom mij aangereikt had, was krachtiger dan alle opvoeding die ik thuis gekregen had. Ik zette de eer van mijn vader op het spel en kroop via de trap op het dak van de moskee.

De grote kuip stond in de schaduw van hun boom naast de geplukte druiven. Liggend op het dak wachtte ik af. Haar moeder verscheen op de veranda en verdween weer. Ik wachtte. Haar oudere zus kwam en gooide de druiven in de kuip. Ik wachtte. Een kraai landde naast de kuip en begon aan de druiven te pikken.

'Ga weg', riep een meisje en iemand gooide een slipper naar de vogel.

Het was Leela! Zou mijn verbeelding waarheid worden? Ik hield mijn adem in. Ze daalde de trappen van de veranda af en liep naar de kuip. Ze waste haar voeten, hield met beide handen de rand van haar rok omhoog en stapte als een danseres in de kuip.

Op dat moment verscheen de muezzin van de moskee op het dak en begon met zijn azan. Hij kondigde de heilige maand ramadan aan. In die heilige maand komen de engelen heel dicht bij de aarde om de mens te observeren en neemt God in de zevende hemel bij het raam plaats om zijn schepping te bewonderen.

God hield me in de gaten, hij keek naar Leela. Ik sloot mijn ogen.

Er is een wijs oosters gezegde dat luidt: als God de ene deur voor je sluit, opent hij een andere voor je.

In deze vastenmaand maakten de muezzins de mensen

wakker om hun maaltijd te nuttigen voordat de zon opkwam.

De geur van eten vulde dan het hele huis, de thee stond klaar, mijn vader reciteerde de heilige verzen, je hoorde de pannen in de keuken en de hanen op de daken.

Halverwege de maand ramadan stierf de moeder van onze muezzin en moest hij terug naar zijn dorp. De conciërge van de moskee zocht iemand die de muezzin kon vervangen. Ik bood meteen mijn diensten aan.

'Uitstekend, je gaat naar het dak en zo kom je dichter bij God te staan. Je wordt gezien, jongen, je wordt beloond.'

De hele nacht deed ik geen oog dicht van de spanning. Ik vreesde dat ik me zou verslapen en dat als ik wakker zou worden, de zon al hoog boven de stad zou staan.

Toen het moment daar was, klom ik de trap op, richtte me naar Leela's slaapkamer en riep:

Hajje allal salat
Hajje allal salat
Hajje ala ghair al-mal.
Wakker worden
Mensen, wakker worden
Voor het gebed
Voor goede daden
Voor geluk
Allah is groot.

Zodra ik 'Hajje allal salat' riep ging het licht in Leela's kamer aan en viel haar schaduw op het gordijn. Ze schoof het opzij en bleef slaperig in haar pyjama voor het raam staan. Even maar. Ze keek niet naar mij, want dat was verboden in de maand ramadan, God hield haar in de gaten. Daarom kroop ze weer in bed en liet haar schitterende benen onder haar deken uit komen. 'Waarom roep je zo hard, jongen, je maakt de engelen bang', merkte mijn vader de tweede nacht op.

Het ritueel herhaalde zich, maar toen er nog een paar nachten te gaan waren, ging het licht in Leela's kamer niet meer aan. Hoe hard ik ook riep, haar gordijn bewoog niet.

Leela liet zich niet meer zien. Niet in onze straat, niet in de moskee.

In die tijd was ik veel met God bezig. Mijn twijfel over zijn bestaan groeide. Nu er niet veel hoop was dat ik Leela nog terug zou zien, daagde ik God uit. Ik schreef in mijn dagboek: 'God! Als u bestaat, weet u hoe erg ik Leela mis. Ik heb een simpele wens. Ik wil Leela zien. Vandaag is het zondag en het is tien voor één 's middags. Precies om één uur ga ik bij Leela's huis langs. God, laat Leela om één uur even aan de deur komen. Als zij komt, bestaat u. Als zij niet komt, bestaat u niet.'

Ik kleedde me om, trok mijn nieuwe schoenen aan, kamde mijn haar en liep naar Leela's huis. Het werd drie voor één, twee voor één, één voor één, één uur, één over één, twee over één, drie, vier, vijf, zes, zeven over één. Leela kwam niet.

God verdween uit mijn leven. Als ik Leela wilde, moest ik op mijn eigen kracht vertrouwen. Ik klopte op hun voordeur, er volgde geen reactie. Ik klopte harder en ik hoorde voetstappen. Leela's vader deed open. Hij keek me boos aan en zei: 'Wat wil je?'

'Leela!' antwoordde ik.

Ik verwachtte dat hij me zou slaan. Dat deed hij niet. Hij smeet de deur hard dicht in mijn gezicht. Ik keerde terug naar huis en schreef over mijn verdriet. Het werd een verhaal: 'De muezzin'.

Ik wilde mijn verdriet, mijn verhaal, net als de tekening van mijn vader, in de plaatselijke krant hebben. Die werd om de twee weken in klein formaat en slechts vier pagina's uitgebracht. Het was een soort buurtkrantje waarin de officiële stadsberichten werden gepubliceerd.

Een oude bebrilde man met een grijze hangsnor regelde alles in zijn eentje. In zijn kleine kantoor zat hij achter een oude Olympia-typmachine. Ik groette hem en ging wat onhandig voor zijn bureau staan.

'Wat kan ik voor je doen, jongeman?'

'Ik heb een verhaal.'

Ik haalde het uit mijn binnenzak.

'Een verhaal op de vroege ochtend, daar moet een grote noodzaak achter zitten', merkte hij op.

Hij begon te lezen. Na de laatste regel zette hij zijn bril af en zei: 'Ik zit hier veertig jaar lang dit saaie werk te doen, allemaal sterfberichten, pachtkwesties, rechterlijke uitspraken over erfenissen en niet te vergeten de felicitaties voor de salarisverhogingen van de burgemeester, die rotvent. Nu heb ik een verhaal. Maar jongeman, mijn lezers zijn niet gewend aan zoiets. Als ik me niet vergis, ben je de zoon van die timmerman, de tekenaar. Denk je niet dat je hiermee je vader in verlegenheid brengt?'

'U hoeft mijn naam er niet onder te zetten.'

'Dat kan, heb je een pseudoniem?' vroeg hij.

'Nee, dat heb ik niet, of toch wel, u kunt er "Ashna" onder zetten.'

'Niet slecht. Ik ga kijken wat ik voor je kan doen, maar ik beloof niets.'

Ashna betekent: een bekende.

Een week later stond 'De muezzin' onder een schuilnaam in onze krant. Zo werd mijn eerste verhaal in het Perzisch gepubliceerd.

4. De kleine boeken

Het is een droevige grijze dag in Amsterdam en het regent. Ik heb de deur van de winkel dichtgedaan, vandaar dat de ramen zijn beslagen.

De afgelopen tijd ben ik vaak voor zaken op pad geweest, dus heb ik niet kunnen schrijven. En als ik niet schrijf, voel ik me niet goed.

Zoals gezegd probeer ik de zaak en het schrijven gescheiden te houden. Dat lukt me niet altijd en als het in de winkel rustig is, pak ik toch de pen. Zoals vandaag. Tegen de middag kon ik het niet langer volhouden. Ik opende mijn cahier op de toonbank en begon.

De oude kraai van mijn ouderlijk huis kraste en ik opende het raam van mijn kamer. Het dier vloog over het huis, kraste nog een keer, vloog hoger, ging op de minaret van de moskee zitten en bleef zich druk maken.

De duiven van de moskee, die vermoedden dat er iets aan de hand was, stegen op en landden op de koepel. De kat van ons huis en de katten van de buren snelden via de bomen naar het dak.

Ik deed het raam dicht en ik voegde me zo snel mogelijk bij de opmerkelijke toeschouwers.

Er liep een aantal vreemdelingen op straat, types die wij nog niet eerder gezien hadden. Ze waren lang, droegen petten en hadden donkere zonnebrillen op.

Het waren Amerikanen.

Pas later kwam ik erachter dat de CIA op de avond waarop ik geboren werd een coup in mijn vaderland had gepleegd.

Amerika had onze democratisch gekozen minister-president afgezet en de sjah, die eerder gevlucht was, weer aan de macht geholpen.

Sinds die dag deden de Amerikanen er samen met de sjah alles aan om mijn vaderland te veramerikaniseren.

Amerikaanse handelaren en grote internationale bedrijven hadden in de meeste steden geïnvesteerd, maar in onze stad van weinig betekenis wilden ze geen risico nemen.

Na jaren, toen het land sterk genoeg was geworden, besloten ze alsnog een paar grote machinefabrieken bij ons neer te zetten.

Nu kwamen Amerikaanse ingenieurs onze stad verkennen en ze liepen langs de moskee. Ze zouden gedurende een aantal jaar met hun families in een nieuwe woonwijk buiten de stad gaan wonen. Het was een prachtwijk geworden die door de beste metselaars, ijzerwerkers en elektriciens van Teheran was gebouwd. De Amerikanen zochten nog een betrouwbare timmerman voor allerlei klusjes.

Op een dag stopte er een jeep voor ons huis. Ik hing op straat rond. Een Amerikaan met een zonnebril op zat voorin, hij zei iets en zijn chauffeur wilde het vertalen, maar mijn schoolengels was voldoende om hem te begrijpen: 'We zijn op zoek naar de timmerman Aga Akbar. Is hij thuis?'

Even later pakte mijn vader zijn gereedschapstas en hij ging mee.

Hoe hij eraan was gekomen weet ik niet, maar op een avond vond ik een Amerikaans boek met een gescheurde kaft tussen de tekenspullen van mijn vader. Ik bladerde erdoor, las hier en daar een paar zinnetjes, en nam het boek mee naar mijn kamer.

De oude kraai vloog over het huis en kraste. Hij had gezien dat ik het boek onder mijn broekriem verstopt had.

In de boom tegenover mijn kamer streek hij neer om te zien wat ik deed.

Met het woordenboek en het boek van de Amerikanen kroop ik onder de wol. Het werd een onvoorstelbare belevenis.

'Als de Amerikanen over zulke dingen een boek kunnen schrijven, kan ik het ook', riep ik de volgende morgen tegen de kraai.

Hij viel bijna van zijn tak van schrik, vloog hoog op, kraste en maakte het nieuws wereldkundig.

5. Ispahan

Mijn vader had altijd een boek in zijn werktas, een kleine koran. Als hij niets te doen had, ging hij ergens zitten, pakte zijn boekje en neuriede. Net als mijn vader heb ik ook altijd zo'n belangrijk boek bij me om in te lezen als ik op reis even niets te doen heb. De schrijver is net als ik makelaar in koffie. Naast dit boek heb ik meestal nog een ander boek bij me, een klassieker uit de Nederlandse literatuur.

Nederland heeft nauwelijks klassieken, maar ik gebruik het woord toch. Ik lees die boeken met een potlood in de hand, trek een lijntje onder de woorden die ik niet ken en zoek in het woordenboek naar de betekenis.

Af en toe kom ik in die boeken een passage tegen waarvan het lijkt alsof ik haar zelf geschreven heb. Ik noteer die passages in mijn cahier. Als ik me in de winkel verveel, schrijf ik die tekstjes een aantal keer over, zo oefen ik mijn Nederlandse taal.

Vandaag heb ik al zeventien keer het eerste stukje van het gedicht *Mei* van de dichter Herman Gorter overgeschreven. Hij beschrijft hoe het meisje Mei, 'van twaalf zusters één', in een bootje van uit zee komt aandrijven.

Ik stikte bijna van jaloezie dat niet ik, maar Herman Gorter de schrijver van dat gedicht is:

Een nieuwe lente en een nieuw geluid:
Ik wil dat dit lied klinkt als het gefluit,
Dat ik vaak hoorde voor een zomernacht,
In een oud stadje, langs de watergracht –
In huis was ’t donker, maar de stille straat
Vergaarde schemer, aan de lucht blonk laat
Nog licht, er viel een gouden blanke schijn
Over de gevels in mijn raamkozijn.
Dan blies een jongen als een orgelpijp,
De klanken schudden in de lucht zoo rijp
Als jonge kersen, wen een lentewind
In ’t boschje opgaat en zijn reis begint …

De natuur die Gorter beschrijft is de natuur van Ispahan!

En het meisje Mei is het meisje van Ispahan over wie ik straks wil vertellen.

Ik heb dit gedicht opgenomen in mijn tekst, want als je de woorden van een andere schrijver in je verhaal gebruikt, worden die woorden op de een of andere manier van jou.

Herman Gorter heeft hetzelfde gedaan. Wat hij als een oorspronkelijk Nederlands gedicht aan ons toevertrouwt, is eigenlijk een oeroude Perzische tekst die ik in mijn jeugd in de Perzische lentegedichten gelezen heb. Gorter gebruikt bijna hetzelfde verhaal, dezelfde woorden en kiest dezelfde richting, maar het is verbazingwekkend dat deze Hollandse versie krachtiger, overtuigender en intenser overkomt. De Perzische lezer in mij ziet hoe het meisje Mei in de mysterieuze straten van Ispahan verdwijnt.

Zoo als een kind dat in het leven was,
Zoo als een bloem van zomerrood in 't gras,
Roode papaver die nu neder ligt.
Zoo lag ze en der zonne laatste licht
Scheen op haar, maakte haar een weinig rood
En goud voor 't laatst – en ging toen met haar dood.

Herman Gorter heeft Ispahan helaas nooit kunnen bewonderen. Ik wel en wie naar Ispahan gaat, komt ongetwijfeld Mei tegen, verliest zijn hart en wordt een dichter.

Ik moet even stoppen. Mijn vaste klant uit Afghanistan loopt de winkel binnen. Vanavond gaat mijn vrouw met een paar vriendinnen naar de koopavond. Dan heb ik tijd om u te vertellen hoe ik in Ispahan verzeild geraakt ben en wat Ispahan met mij gedaan heeft.

Toen ik een paar jaar later naar de universiteit van Teheran ging, waar ik Perzische literatuur wilde studeren, raadde iedereen het me af: 'Dat is niets, alleen mensen met twee linkerhanden gaan literatuur studeren.'

Dus werd het een bètastudie.

Maar de technische studies waren de meest gevaarlijke. Ouders hielden hun adem in als hun kinderen voor zo'n studie kozen. Er werd gezegd dat je zoon als een onschuldig lammetje naar de universiteit ging en een paar jaar later als een leeuw naar buiten kwam. De studenten in die collegebanken waren de slimste jongeren van het land. Ze bekleedden later de belangrijkste ambten. Maar van groter gewicht was dat deze studenten meenden dat het volk hen nodig had. Ze zagen het als hun taak om aan het land te denken, en ze wisten dat als er in de toekomst veranderingen geboden zouden zijn, zij die in gang zouden zetten. Daarom waren ze direct politiek bewust. Het landsbelang kreeg voorrang op de studie.

Ik had de universiteit nog nauwelijks van binnen gezien of ik ontmoette een student industrieel ontwerpen die in zijn laatste jaar zat. Hij nodigde me uit om samen wat te drinken in een theehuis buiten de universiteit.

Een jaar later was ik actief lid van een linkse ondergrondse krant tegen de sjah en daarmee tegen de Amerikanen.

In die tijd was de Sovjet-Unie nog heel machtig en we deelden meer dan tweeduizend kilometer grens met dat land.

Mijn Amerikaanse en Europese boeken maakten plaats voor Russische.

Auteurs als Honoré de Balzac, Victor Hugo, Ernest Hemingway, Émile Zola, Albert Camus, Mark Twain en Daniel Defoe moesten plaatsmaken voor Russische schrijvers als Bella Achmadoelina, Anna Achmatova, Chinghiz Aitmatov, Fjodor Dostojevski, Nikolaj Gogol, Anton Tsjechov en vooral Michail Sjolochov met zijn meesterwerk *De stille Don* en Maksim Gorki met zijn novelle *De moeder.*

Als ik een schrijver van naam wilde worden, moest ik de stem van mijn volk zijn, precies zoals Michail Sjolochov en Maksim Gorki geweest waren.

Het was mijn oom Djalal die opnieuw een wending in mijn leven veroorzaakte. In een van onze gesprekken zei hij: 'Maak een reis naar Ispahan voordat je serieus de pen oppakt.'

Ik vroeg hem waarom.

'Je komt er vanzelf achter.'

Oom Djalal had tot dan toe altijd gelijk gehad. Ik ging naar Ispahan.

Iedereen moet Ispahan bezoeken. Wie dat doet, zegt tot zichzelf: deze stad behoort aan mij. Ik wil hier blijven.

Er hangt daar iets vreemds in de lucht, een tijdloosheid. Het voelt alsof je er ooit een deel van jezelf achtergelaten hebt.

Je wordt gek van de geheimzinnige schoonheid, de blauwe moskeeën, de oude pleinen, de historische Zayandeh Rud-rivier, die betoverend mooi door de stad stroomt, de oude Si-o-se-brug die als een oeroud versteend gedicht de twee delen van de stad met elkaar verbindt.

Oom Djalal, die begreep dat ik mezelf bijna in het Russische gedachtegoed verloren had, wilde me terugroepen naar mijn culturele oorsprong. In Ispahan word je meteen verliefd en heb je behoefte om iets over die schoonheid te zeggen. Maar je kunt niet tegen de blauwe moskee zeggen: 'O, wat ben je mooi.'

Je hebt een vrouw, een meisje uit Ispahan nodig om tegen te kunnen zeggen: 'O, wat ben je mooi. Ik kan je schoonheid niet verdragen.'

Ik stond eenzaam en verloren in de blauwe moskee toen ik een meisje zag. Haar mysterieuze gezicht was bedekt door een zwarte chador. Over haar schouder droeg ze een schooltas.

Ik viel onmiddellijk voor haar. Haar donkere ogen gaven me toestemming haar te volgen, straat na straat, steeg na steeg. Slechts één keer keek ze achterom.

We kwamen bij een huis met een grote poort, het leek net een kasteel.

Als een prinses uit de oude verhalen schreed ze het kasteel binnen, keek nog een laatste keer om en verdween.

Ik dacht dat dat het einde was en dat ik terug moest, maar op de bovenverdieping schoof een gordijn opzij. Het raam ging open. Ze had de chador afgedaan. Ze keek naar buiten, terwijl haar lange zware haren uit het raam hingen. Ze bood me haar glimlach aan.

Het meisje was de dochter van een zeer traditionele

tapijthandelaar op de bazaar van Ispahan. Vier jaar lang hielden we contact, maar nooit konden we rustig met elkaar praten. Zij was jong en ik was een vreemdeling.

Ik woonde in Teheran, zevenhonderdvijftig kilometer van haar verwijderd. Met de bus was ik een hele dag onderweg naar Ispahan.

Het was de tijd van de strijd, de liefde was verboden, maar ik schreef haar regelmatig, brieven van soms vijfentwintig pagina's lang. Ik schreef eigenlijk een boek voor haar, ook al kon ik de teksten niet op de post doen. Ze was bang dat haar vader erachter zou komen. Dus bracht ik haar de brieven persoonlijk.

Ik bewaarde ze tot ik het niet meer uithield, dan nam ik de nachtbus die 's ochtends om zeven uur de stad bereikte. Te voet ging ik verder naar hun huis. Onder de oude boom bij het kruispunt wachtte ik tot kwart voor acht, de tijd waarop ze naar buiten zou komen om naar school te gaan.

Ze keek elke dag naar die oude boom of haar aanbidder er stond.

Als ze langs me liep, bedekte ze haar glimlach met haar chador. Ik volgde haar en zorgde ervoor dat ze mijn voetstappen net zou kunnen horen. In een lege steeg waar ze even 'salam' tegen me kon zeggen, kon ik mijn brieven, mijn teksten, mijn verhalen aan haar geven. Daarna begeleidde ik haar weer naar school.

Ontbijten deed ik in de bazaar. Ik kocht wat kleinigheden voor haar en wandelde naar de blauwe moskee. Daar ging ik op de grond liggen en keek net zo lang naar de magische mozaïeken totdat ik in slaap viel.

Als de muezzin van de moskee 'Hajje allal salat' riep, wist ik dat haar lessen afgelopen waren en ik haar weer kon zien.

In de lege steeg stopte ik haar snel mijn cadeaus toe,

voordat ze haar weg naar huis vervolgde.

Ze bedankte me door zich voor het raam te laten zien. Ze streek haar haren naar achteren en toonde me haar oorbelletjes en de ketting die ik voor haar gekocht had. Het gordijn ging dicht, nee, toch weer even open. Ze zwaaide vlug en weg was ze. Ik haastte me om de nachtbus naar Teheran te halen.

Zo ging het vier jaar lang. Ik schreef haar, ik schreef voor haar, ik schreef stapels verhalen voor haar. Mijn enige lezer.

Toen brak de revolutie uit in het vaderland en de linkse beweging wilde een deel van de macht. De kazernes werden veroverd, geweren werden geroofd, mensen demonstreerden met duizenden tegelijk, de Amerikaanse banken werden in brand gestoken, de sjah vluchtte, de generaals volgden zijn voorbeeld, de CIA-agenten verdwenen. Miljoenen mensen liepen naar het vliegveld om de geestelijk leider ayatollah Khomeini te verwelkomen. Er was geen ruimte meer voor de liefde. Maar nog steeds ging ik naar Ispahan.

De laatste keer dat ik daar was, waren de scholen wegens de stakingen dicht. Als ik haar had willen zien, had ik naar haar huis moeten gaan, maar het was niet geoorloofd om op de deur van een familie te kloppen, alleen om hun dochter te willen zien. Als ik dat deed, moest ik officieel om haar hand vragen, maar zover was ik nog niet. Ik kon nog lang geen echtgenoot van een vrouw of een schoonzoon van een familie zijn. Dus keerde ik terug.

Later, toen de geestelijken de macht veroverd hadden en wij, de linkse beweging, met lege handen stonden, pakte ik weer de nachtbus. Ik had daar goed over nagedacht. Ik was nu een jonge volwassen man en zij was geen meisje meer, maar een jonge vrouw. Bovendien had er een revolutie plaatsgevonden, het paste niet meer om haar vluchtig op straat te treffen. De tuinman, die van ons geheim wist, deed de deur open en liet hem opzettelijk half openstaan. Hij liep terug naar de tuin. Daar stond een vrouw gehuld in een zwarte chador. Ik kende haar, maar ik kende haar ook weer niet. Ze was inderdaad een jongedame geworden en het leek alsof ze de vrouw van een ander was. Ze glimlachte niet, ook rende ze niet naar boven. Ze hield haar gezicht bedekt met haar chador.

Ze leek een monument van een voorbije tijd.

Haar werk was gedaan, ze had mij aan het schrijven gezet. Ik moest nu zelf verder.

6. Koerdistan

Waar Ispahan magisch is, is Koerdistan mysterieus. Je moet door de heuvels, de dorpen en over de wegen van Koerdistan lopen om te begrijpen waarom de Koerden zo trots zijn op hun land en op hun tradities. Ispahan is magisch door het samenspel van kunst, architectuur en religie. Koerdistan is mysterieus door de natuur, de eenvoud van het leven en de eerlijkheid van de Koerden. Je moet er nooit naartoe gaan om iemand te vergeten, want de kraaien zullen de herinneringen oproepen. De Koerdische volksdichter Baba wist dat:

Wanneer de kraaien over ons huis vliegen en krassen
Geven ze te kennen dat jij achter je raam staat
Wanneer de duiven vlucht na vlucht naar jouw huis
  vliegen
Brengen ze mijn brieven naar jou
Mijn lief, blijf achter je raam staan
Op een dag zal ik met honderden vogels komen
Om jou mee naar huis te nemen.

Tijdens de machtswisseling in het vaderland grepen de Koerden de onstabiele situatie aan om hun onafhankelijkheid op te eisen.

Als antwoord viel de revolutionaire garde van het nieuwe bewind Koerdistan binnen en brak er oorlog uit tussen de gewapende Koerden en het regime van de geestelijken.

Toen ik terug in Teheran was, pakte ik een rugzak en trok in het geheim via de bergen naar Koerdistan. Als verslaggever van onze ondergrondse krant ging ik naar het front om niet meer aan Ispahan te hoeven denken.

Het was de officiële kranten verboden over de oorlog te schrijven. Daarom wist niemand wat er werkelijk in Koerdistan aan de hand was. Koerdistan is een land met veel geheimen en verrassingen. Ik praatte met de Koerden en schreef over hun leven en over hun dromen. Ik noteerde de liedjes die ze met een geweer over hun schouders voor hun Koerdistan zongen. En ik ging bij mensen langs. In het dorp Bardarash betrad ik de werkplaats van een oude ijzersmid. Je kunt zeggen dat je in de ruimte van die smid zo de Middeleeuwen binnenstapte. Het was er donker. Er brandde geen enkel lampje. In het schijnsel van het gloeiende vuur zag je vaag de contouren van wat de man gemaakt had. Spijkers, hoefijzers en ploegbladen. In de werkplaats smeedde de man een sikkel. Hij hield hem in de vlammen en het vuur werd aangeblazen. Daarna legde hij de sikkel op het aambeeld en bewerkte het ding met zijn hamer. Ik vroeg: 'Werkt u hier alleen?'

'Nee, we zijn met tweeën', zei de man.

Terwijl hij de sikkel weer in het vuur hield, werd het weer aangeblazen. Ik keek, maar zag niemand. Het was donker, er werd geblazen en de sikkel werd witheet in de oven. Wie blies dat vuur aan? Waar was die tweede persoon? Een gat in de muur trok mijn aandacht . Ik dacht het zuchtende geluid van een blaasbalg te horen. Ik keek door het gat. Ik zag niemand, maar ik hoorde de ademhaling van een kind.

'Wie is daar?' Er kwam geen reactie.

'Is er iemand?' riep ik.

Een zachte meisjesstem zei: 'Ja, ik, Zahra.'

Ik schrok en zei: 'Mag ik je zien?' Uit het donker, vanachter de middeleeuwse blaasbalg, schitterden twee bange ogen. De ogen van Zahra, de kleindochter van de smid.

Zes maanden later had ik een volledig manuscript met dergelijke verhalen.

Ik stuurde het boek naar verschillende uitgeverijen in Teheran, maar niemand durfde het in die tijd uit te geven. Uit pure wanhoop ging ik naar de grootste uitgeverij. De uitgever pakte mijn manuscript, bladerde het door en zei: 'Kom over een uurtje maar terug.'

In een theehuis bestelde ik een hapje te eten en een paar glaasjes thee om de tijd te overbruggen.

'Het is een stevig verslag, een literair manifest. Ik zou het graag willen uitgeven, maar helaas kan het niet', zei de uitgever toen ik weer aan zijn bureau stond.

Het was mijn laatste kans geweest, ik stond weer op straat en wist niet waar ik heen zou gaan.

De drukte stoorde me. Ik sloeg een rustige steeg in. Achter me riep iemand: 'Wacht!'

Ik keek om, het was een jongeman, ik herkende de conciërge van de uitgeverij. Ik hoopte dat de uitgever hem gestuurd had omdat hij zich had bedacht. De man pakte me bij mijn arm en fluisterde: 'Ik publiceer je boek clandestien als je wilt. Ik kan je geen geld beloven en nadat je me je manuscript hebt gegeven, zullen we elkaar niet meer ontmoeten. Jij kent mij niet, ik ken jou niet. Akkoord?'

Het was de tijd van revolutie en oorlog, en een tijd waarin je geliefde van het ene op het andere ogenblik de vrouw van een ander werd. Ik moest snel beslissen. 'Akkoord.'

Ik overhandigde hem mijn manuscript, we schudden elkaar de hand en onze wegen zouden zich voor altijd scheiden.

'Wacht even!' riep de man, 'ik heb een naam nodig, de naam van de schrijver. Ik kan die van jou natuurlijk niet op de kaft zetten. Heb je een schuilnaam?'

Voor de tweede keer in mijn leven werd mij die vraag gesteld. Ook nu hoefde ik niet lang na te denken: 'Refiq Foad!'

Foad, een dokter, die later vermoord werd, had ik leren kennen in mijn studententijd. Daarna werd hij bekend en geliefd in Koerdistan. Hij had geen praktijk aan huis, maar reed met een oude jeep door de heuvels naar zijn patiënten.

Tijdens mijn bezoek aan Koerdistan logeerde ik een week bij hem. Hij woonde bij zijn ouders in een groot, oud huis. Het was bijzonder om hem na zo veel tijd weer terug te zien en ik mocht met hem mee als hij op ziekenbezoek ging bij zijn patiënten.

Toen ik wat later door wilde reizen, haalde hij een paard voor mij uit de stal, gaf me een geweer en zei: 'Reis met dit ervaren paard door mijn Koerdistan en beschrijf onze pijn.'

Kort daarna werd hij gearresteerd. Terug in Teheran hoorde ik van zijn executie.

De conciërge had woord gehouden. Mijn eerste Perzische boek werd uitgegeven en op straat verkocht. De naam Refiq Foad stond duidelijk op de kaft.

Ik kocht een exemplaar, rook er snel in en verborg het achter mijn broekriem. Mijn hart ging tekeer van geluk.

7. Amerikanen

Ik heb de Amerikaanse politiek in verschillende vormen meegemaakt, maar nog altijd begrijp ik de Amerikanen niet. Vijfentwintig jaar lang hebben ze de sjah gebruikt om als een politieagent de Perzische Golf te bewaken, maar wat hebben ze bereikt? Een totalitair, theocratisch regime.

De Amerikanen vielen in 2001 Afghanistan binnen, daarna hebben ze met hun tanks Irak overvallen. Maar wat hebben ze bereikt?

Door hun politiek zijn miljoenen mensen op de vlucht geslagen en velen van hen hebben hun toevlucht in Europa gezocht.

Een tijdje geleden had ik een Turkse klant in mijn winkel. Hij is vastgoedhandelaar en hij had grote rollen bouwtekeningen onder zijn arm.

'Bent u met een nieuw gebouw bezig?' vroeg ik uit nieuwsgierigheid.

'We bouwen een moskee. Het aantal moslims is toegenomen in Amsterdam, dus is er behoefte aan een grotere gebedsruimte.'

Later ben ik een kijkje gaan nemen op de plek waar de grootste moskee van Europa moest verrijzen. Ze waren net bezig met het slaan van de heipalen. De Turkse vastgoedhandelaar zag me staan en bood me een sigaret aan.

'Het wordt een duur gebouw, het zal een paar miljoen kosten voordat het klaar is. Hoe komen ze aan al dat geld?' vroeg ik hem.

'Het is een godshuis, Allah zal het regelen', zei hij glimlachend.

Ik schudde mijn hoofd. 'Niet te geloven, de Moren, eigenlijk de Marokkaanse Berbers, hebben in Spanje een paar eeuwen met smart moeten wachten om hun dromen te realiseren. Ze bouwden La Mezquita in Córdoba, zonder twijfel de mooiste moskee van de wereld, maar het lukte hun niet om de rest van Europa te veroveren. Ze werden verslagen. Nu, tien eeuwen later, zijn honderden heipalen in het centrum van Amsterdam geslagen om de droom van de Marokkaanse Berbers van toen werkelijkheid te laten worden.'

De Turk lachte luid, speelde met zijn gebedssnoertje uit Mekka en knipoogde. 'Dromen zijn bedrog, zeggen de Nederlanders toch?'

Ik zweeg over mijn boek, maar kon de behoefte om er oom Djalal over te vertellen niet weerstaan. Hij werkte inmiddels in een filmstudio aan de Lalezarstraat waar documentaires gemaakt werden. De Lalezarstraat was in die tijd een soort Hollywood in het klein.

Toen hij me zag, kwam hij achter zijn montageapparaat vandaan en omhelsde me: 'De rebel van onze familie moet iets belangrijks te vertellen hebben dat hij onaangekondigd langskomt. Vertel!'

Ik overhandigde hem mijn boek. Meteen wist hij dat ik het geschreven had. Hij raakte de kaft aan, sloeg het boek open, bladerde erdoor, las hier en daar enkele alinea's, keek in mijn ogen, kuste me op mijn voorhoofd en zei: 'Ik heb over dit boek gehoord. Ik heb op een boek van jou gewacht, maar dit boek is het niet.'

'Waarom niet?' vroeg ik teleurgesteld.

'Laat die Marx, Lenin, Che Guevara, Castro en de rest voor wat ze zijn. Schrijf je eigen verhaal, je hebt het leven vaardig en dramatisch beschreven, maar het is geen kunst. Je hebt jezelf als kunstenaar uit dit boek geweerd. Jij spreekt niet, maar Che Guevara.'

Ik was bijna bezweken onder de harde kritiek van oom

Djalal, maar toch voelde ik me gelukkig toen ik de straat uit liep naar het Toepghaneplein.

In die tijd gonsde het in Teheran van het nieuws. Ik had de opdracht een artikel voor onze krant te maken en ik zocht naar een goed onderwerp.

Bij de Amerikaanse ambassade waren doorlopend demonstraties. Vandaag was het drukker dan normaal. De vlaggen en spandoeken waren dagelijks aanwezig, die hadden op zich geen nieuwswaarde.

Ik herkende een groep studenten aan de overkant van de straat. Een jonge imam met een zwarte tulband begeleidde hen. Waar had ik hem eerder gezien? Ik wist niet wat ze van plan waren, maar de vreemde stilte rond deze mensen, de jonge imam en de ongewone gehoorzaamheid van de studenten intrigeerde me. Tegenover de ambassade bleven ze roerloos op de stoep staan. Het leek alsof ze naar de demonstranten keken, of de hoge poort, de ijzeren hekken en de grote Amerikaanse vlag bewonderden.

De poort was dicht en gewapende agenten van de revolutionaire garde patrouilleerden rond het gebouw.

De jonge imam! Ik had hem een aantal keer op tv gezien in de nabijheid van ayatollah Khomeini.

De imam riep: 'Allahoe akbar! Allahoe akbar!' en stormde op de grote poort van de ambassade af. De studenten volgden hem. De groep klom over het ijzeren hek en liet zich in de tuin van de ambassade zakken.

Ik rook nieuws en klauterde ook over het hek.

De imam rende onder het roepen van 'Allahoe akbar, Allahoe akbar' naar het grote gebouw midden op het terrein. De Amerikanen hadden niet op deze bliksemactie gerekend. De groep ramde de deur van het gebouw en drong naar binnen. De Amerikanen zochten hun heil op de bovenverdieping, op de hielen gezeten door de imam en de studenten. De Amerikanen vluchtten een vergaderruimte in en deden de deur van binnen op slot. Met een lange tafel beukten de studenten de deur van de vergaderzaal in. De imam trok een pistool en riep in het Engels: 'Iedereen op de grond, handen in je nek.'

De vrouwen gilden, maar gingen net als de mannen languit op de grond liggen en deden wat hun bevolen werd.

Ik realiseerde me dat ik op een historische plek stond en getuige was van een historische daad. Deze actie zou een oorlog kunnen uitlokken en grote gevolgen kunnen hebben voor vele mensen.

Ik besefte dat ik door hier te zijn mijn leven op het spel zette. De imam zou me zonder aarzelen doodschieten als hij me achter de deur zag.

Ik zou me nu nog ongemerkt terug kunnen trekken, maar als journalist kon ik dat niet over mijn hart verkrijgen.

Het duurde niet lang voordat alle Amerikanen geblinddoekt met hun handen vastgebonden op hun rug naar buiten werden gebracht.

De imam ging voorop. Elke student leidde een gegijzelde om te voorkomen dat die van de trap zou vallen.

Opeens keek de imam naar mij.

'Wie ben jij?' riep hij.

Ik probeerde weg te komen, maar drie studenten renden me achterna en ik struikelde bij de deur. Ze schopten me in mijn buik en trokken me overeind. De imam sloeg me een paar keer hard in mijn gezicht, pakte me bij de kraag en trok me naar de poort van de ambassade. Onverwachts sloeg hij met zijn pistool in mijn nek en duwde me naar de agenten van de revolutionaire garde.

Door de harde pistoolklap werd het meteen zwart voor mijn ogen, ik zakte door mijn knieën en mijn boek, dat ik onder mijn riem gestopt had, viel op de grond.

'Hij is een van die linkse klootzakken, neem hem mee!' riep de imam.

Ik kreeg geen kans om iets te zeggen, de soldaten raakten me waar ze me maar raken konden. Ik dacht dat het afgelopen was met me, tot een meisje de soldaten aan de kant duwde. Ze ging tussen hen en mij in staan en riep: 'Zo is het genoeg, jullie maken hem dood! Kijk! Ze komen eraan.'

De Amerikanen werden in een lange rij naar buiten gebracht, waar een aantal militaire jeeps voor hen klaarstond.

Mijn boek lag nog op de grond. Enkele geblinddoekte Amerikanen trapten erop, anderen liepen erlangs.

'Ga je mee?' vroeg het meisje en ze hielp me overeind.

Onopgemerkt trokken we ons terug in de massa.

Duizenden mensen hadden zich voor de ambassade verzameld en riepen: 'Allahoe akbar, Allahoe akbar!'

De Amerikanen waren weg.

De imam was weg.

De studenten waren weg.

Mijn boek was ook weg.

Maar het meisje bleef. Ze was een mooie Teheraanse.

De vrouw met wie ik nu mijn leven deel aan de Lauriergracht 37 is dezelfde als het meisje dat mij redde bij de ambassade. We hebben samen een dochter, die nu in Amsterdam Nederlandse literatuur studeert.

8. De oorlog

Ik haat niemand, er is geen ruimte voor rancune in mijn geest. Het enige gevoel waar ik niets aan kan doen is jaloezie. Ik gun iedereen een groot huis, een dure auto, zakken vol geld en goud. Maar ik sterf van jaloezie als ik bijvoorbeeld het gedicht 'Smart' van Gerrit Achterberg lees:

> Smart, ik ontzeg
> de zon haar licht,
> den ziende zijn gezicht
> en dit heelal het evenwicht,
> den dood het recht,
> op elk gericht,
> dat mij van haar onthecht.

Ik heb zijn bloemlezing *Voorbij de laatste stad* in de la van mijn toonbank liggen. Zijn gedichten zijn niet lang, ik kan ze in de winkel tussen mijn werkzaamheden door lezen.

Al ken ik geen haat, er zijn wel diepgewortelde gevoelens die je van huis uit meekrijgt, die nestelen zich in je taal, in je literatuur en in je gewoontes.

Wij Perzen hebben sinds mensenheugenis problemen gehad met de Arabieren. Ik schaam me ervoor om dit op te schrijven, maar het is een historisch feit. Persoonlijk hou ik van de Arabische taal, van de Arabische literatuur, van de Arabische vrouwen en van verse Arabische dadels. Ik kan zelfs vele soera's van de Koran in het Arabisch uit het hoofd reciteren. Maar sinds de mohammedanen veertienhonderd jaar geleden het Perzische Rijk binnenvielen, onze paleizen in brand staken, onze geschriften in de rivieren gooiden, onze taal in de ban deden, ons door Zarathustra gegeven geloof afschaften en onze oude vuurtempels vernietigden om ze te vervangen door moskeeën, hebben de Perzen een gemeenschappelijke afkeer van Arabieren.

Hier in Amsterdam behoren drie Arabische vrouwen tot mijn vaste klantenkring, ze zijn soennitische Irakezen.

Ze dragen een hoofddoek, het zijn mooie vrouwen met prachtige grote donkere ogen. Het lijkt alsof elk van hen een nieuwe versie is van Sheherazade uit *Duizend-en-eennacht*.

Ik versta Arabisch en spreek het een beetje. Voor hen sta ik op uit mijn stoel en zeg: 'Ahlan wa sahlan marhaba!' Ze glimlachen, hoewel ze dat normaal niet doen tegen een vreemde man, maar ze weten dat ze bij mij welkom en veilig zijn. Ik pak de beste, meest verse koffie voor hen in.

In hun eigen land waren ze analfabeet. Hier in Amsterdam volgen ze een taalcursus. Wat verderop is een buurthuis waar vrijwilligers de ongeletterde immigrantenvrouwen Nederlands en rekenen leren.

Ze gaan niet naar een café of naar een bioscoop. Zelfs niet naar een bibliotheek, want ze beheersen het Nederlands nog niet goed genoeg. Volgens mij is mijn winkel de enige openbare gelegenheid waar ze af en toe langsgaan om even een woordje met iemand te wisselen.

Ze hebben zich nooit voorgesteld, daarom weet ik niet hoe ze heten. Gisteren kwamen ze weer.

'Hoe was de les?' vroeg ik.

'Moeilijk hoor', zei een van hen.

'Wat hebben jullie vandaag gedaan?'

'Rekenen.'

Ze laten me hun schriften zien. Ik moest me inhouden om niet te lachen. Zij die niet kunnen lezen, hebben een totaal andere kijk op de wereld.

In hun schrift hadden ze het schrijven van getallen geoefend: 1, 2, 3, 4, 5, 6, 7, 8, 9, 0, maar blijkbaar hadden ze moeite met de 6 en de 9. Ze haalden ze door elkaar. Daarom moesten ze een hele pagina met zessen schrijven en een pagina met negens. Maar ze hadden de staartjes van de 6 en van de 9 zo grappig naar boven en naar beneden, en naar links en naar rechts getekend dat hun cijfers op een geheimschrift leken.

'Ongelofelijk', zei ik.

Ze keken elkaar glimlachend aan.

'We schamen ons een beetje voor onze handschriften,' zei degene met de mooiste ogen, 'maar sinds we bezig zijn met de getallen, zien we ze overal op deuren, op auto's, op onze kleren en op onze schoenen staan.'

'Fantastisch', zei ik.

'Amsterdam is mooier geworden sinds we deze getallen kunnen lezen', zei ze.

Er kwam een klant binnen. De vrouwen pakten snel hun schriften op en vertrokken.

'Wedaen! Tot ziens!' riep ik.

'Wedaen!' riepen ze in koor.

Irak en Iran zijn buurlanden. Irakezen zijn Arabieren en Iraniërs zijn Perzen, ze spreken een eigen taal. Gedurende dertien eeuwen hebben de Perzen en de Arabieren elkaar bevochten. Negentig jaar was het rustig en hadden we stilzwijgend een vredesakkoord, maar Amerika wakkerde de oude haat tussen de Arabieren en de Perzen tijdens de heerschappij van Saddam Hoessein weer aan. De Amerikanen wilden wraak nemen op de revolutie, wraak op de langdurige gijzelingsactie in Teheran. Ze gaven dekking aan Saddam en hij viel Iran binnen.

Iedere nacht vlogen Irakese oorlogsvliegtuigen boven de steden en bombardeerden de woningen om de mensen uit hun slaap te houden.

Iedere nacht weer vielen er honderden doden en gewonden.

Mijn herinnering daaraan is glashelder. Ik was naar huis gegaan om mijn familie te bezoeken. Mijn jongste zus was hoogzwanger. Ons gezin zat op een tapijt op de binnenplaats te eten. Uit het niets verscheen een oorlogsvliegtuig met een oorverdovend lawaai, er was geen tijd om te vluchten. Mijn moeder sprong naar voren en boog zich over de buik van mijn zus en mijn vader boog zich over mijn moeder.

Die oorlog duurde acht jaar en er vielen aan beide kanten in totaal een miljoen doden.

Zowel Irakezen als Iraniërs ontvluchtten massaal hun land.

Het regime van Iran was bang dat de linkse oppositie gebruik zou maken van de situatie door samen te zweren met Rusland en de macht te grijpen. Men besloot de linkse oppositie volledig uit te schakelen. Duizenden werden gearresteerd, honderden zonder vorm van proces geëxecuteerd.

Mijn leven was uitzichtloos. Ik moest iets doen.

Willem Frederik Hermans laat Karel R. in diens oorlogsdagboek schrijven:

> Ik haalde het pistool uit de kast zo kalm als was ik niet van plan er ooit gebruik van te zullen maken.
> Moest ik het altijd bij mij hebben? Maar waar? In een zijzak? Maar dan krijg ik een verdacht brede heup en het slingert bij het lopen.
> Binnenzak? Aldoor dat zware voorwerp op mijn borst? En zou het niet opvallen?
> Misschien is de achterbroekzak het beste, of nee: Het beste blijft toch de zijzak van mijn regenjas.
> Nee, ik trek mijn jas maar niet uit.

De hoofdpersoon in Hermans' boek verlaat het land nadat hij het pistool in zijn binnenzak gestopt heeft.

Ik wilde niet weggaan, ik wilde blijven om mijn boeken te schrijven.

9. De werkkamer van Lenin

De afgelopen week heb ik niets kunnen schrijven, ik was op zakenreis naar Duitsland. Tussen de bedrijven door las ik het boek dat mij altijd vergezelt. Het is een gewoonte die ik van mijn vader overgenomen heb.

Een Perzisch gezegde luidt: 'Je moet geen kaviaar verkopen aan mensen bij de Kaspische Zee.' De Kaspische Zee is de plek waar kaviaar zijn oorsprong vindt.

In Nederland is het voor ontheemden al moeilijk genoeg om hun brood in de handel te verdienen. Laat staan als ze zaken willen doen in koffie. Dat is ronduit een onverstandige onderneming.

De Kamer van Koophandel legt een reeks obstakels voor je voeten. De banken willen je geen cent geven. De grote koffiehandelaren dwingen je om een kebabzaak te beginnen.

Dat zal mij nooit gebeuren.

Mijn dierbare overledenen zouden zich in hun graf omdraaien en met hun rug naar Nederland gaan liggen als ze te horen krijgen dat hun nazaat, die ooit schrijver wilde worden, met een lang mes in een shoarmazaak zou staan.

Als makelaar in koffie heb ik de Nederlandse markt omzeild, ik doe voornamelijk zaken in Duitsland en België. Daarom ben ik regelmatig op pad. Als ik weg ben, passen mijn vrouw en mijn dochter om de beurt op de winkel.

Wie huis en haard verlaat, is niet meer dezelfde.

De vlucht heeft velen van ons een ander karakter gegeven.

Als ik voor handel naar Duitsland ga, zie ik vaak kameraden van vroeger. Ooit dwaalden ze met een geweer op hun rug door de bergen om de steden te veroveren.

Nu zijn ze allemaal taxichauffeur. Het is bijzonder voor Duitsland dat ze zo veel slimme, hoogopgeleide krachten als taxichauffeur hebben gekregen, maar het doet me pijn als ik hen zie.

Aan het eind van de dag, nadat ik mijn Duitse klanten heb bezocht, rij ik naar het station van de stad waar ik ben. Daar kom ik altijd een paar van mijn landgenoten tegen. Je herkent ze meteen tussen de andere taxichauffeurs.

Wachtend op een passagier zitten ze achter het stuur een Perzische krant of een boek te lezen. Ze herkennen me aan het logo op mijn bestelwagen: KOFFIEMAKELAAR REFIQ FOAD AMSTERDAM.

Ze stappen dan meteen uit hun taxi's. We geven elkaar een hand, omhelzen elkaar en ze kopen de pakjes koffie die ik speciaal voor hen meegenomen heb.

We praten, wisselen de laatste berichten uit over het vaderland. Die gesprekken zijn meestal van korte duur, want zodra er een trein arriveert en de passagiers naar buiten lopen, hollen mijn kameraden naar hun taxi's om een plaatsje vooruit te kunnen schuiven. Ik mis een diepgaand gesprek met hen, maar het kan niet. Daar niet, in België niet en ook in Nederland niet.

Een andere kameraad van mij woont in Keulen, hij is dichter. In het vaderland was hij de chef van de kunstpagina van onze ondergrondse krant. In Keulen werkte hij een paar jaar in de kleine nachtwinkel van een Turk. Het was een kiosk waar slechts één persoon, gebogen achter de toonbank, via een klein gat in de glazen wand, met de klanten spreken kon.

Wanneer er geen klanten waren, werkte hij aan zijn gedichten.

Als ik in Keulen was, ging ik bij hem langs. Onze gesprekken via het venstertje werden voortdurend onderbroken door een klant.

Het werk in die kiosk ontnam hem zijn leven. Hij stopte bij de Turk en begon een groentewinkel.

'Waarom een groentewinkel?' vroeg ik hem.

'Dat is het makkelijkst, je hoeft geen fortuin te hebben. Ik zet een paar dozen fruit en spinazie in de winkel en dan ben ik klaar. Ik begin om elf uur 's morgens en sluit de winkel om zes uur 's avonds. Dan heb ik de hele avond voor mezelf.'

Gisteren sprak ik hem in Keulen. Hij had het ondernemerschap onderschat: 'Ben je ooit bang geweest voor een komkommer? Heb je ooit beseft dat peren je kunnen doden? Ik zit hier in de winkel en ik kijk naar de komkommers, naar de peren, naar de spinazie in de doos, het is verschrikkelijk, ze zijn allemaal aan het rotten. Die bedorven aubergines bedreigen mijn bestaan.'

Het is natuurlijk niet zo dat iedereen taxichauffeur of kruidenier geworden is. Velen hebben hun studie voortgezet en een goede baan gekregen. Vooral de vrouwen hebben van de nieuwe situatie gebruikgemaakt om zich een waardige positie te verwerven. Toch lijkt het alsof de eerste generatie de eigen dromen laat liggen om hun kinderen een betere kans te kunnen geven. Ze zijn als atleten die in een estafette het stokje aan de volgende groep doorgeven.

In Nederland zie ik een golf van immigrantenkinderen naar de universiteit gaan. Ze werken tien keer harder dan hun Nederlandse medestudenten, want ze zijn zich bewust van hun positie. Bedrijven als Heineken, Shell, Philips en KLM azen nu al op de intelligentste immigrantenstudenten. Graag wil ik deel uitmaken van deze nieuwe golf, open staan voor deze veranderingen.

Het is heerlijk om weer thuis te zijn en het doet me deugd dat ik hier op zolder zit om mijn verhaal te kunnen schrijven, dat ook het verhaal is van de anderen uit het vaderland en andere landen.

Toen ik vluchtte bestond mijn verleden uit niet meer dan een getal met acht cijfers. Het was een code die mijn ondergrondse partij aan me gegeven had voor noodgevallen. Mijn contactpersoon had gezegd: 'Als je ooit moet vluchten, probeer het via Afghanistan. Of ga de bergen in en steek de grens met Rusland over. Als dat niet lukt, probeer het dan via Pakistan of Turkije. In alle gevallen moet je je bij de Russische ambassade melden. Je vraagt daar naar de ambassadeur en je geeft hem de geheime code. De ambassadeur zal dan alles volgens de Internationale Solidariteitsregels regelen. Je krijgt een paspoort en reist naar Moskou af, de rest wordt daar voor je afgehandeld.'

Ik had de code als een magisch getal in mijn geheugen geprent. Soms twijfelde ik of ik het getal juist onthouden had. Daarom had ik de cijfers in omgekeerde volgorde op een paar plaatsen genoteerd, onder andere aan de binnenkant van de hak van mijn linkerschoen.

Pogingen om via de noordelijke grenzen Rusland binnen te gaan, liepen vaak op niets uit. Een vreemdeling werd al tientallen kilometers voor de grens opgemerkt en opgepakt.

Afghanistan was waarschijnlijk de beste optie. Midden in de nacht trok ik naar de oostelijke grens, maar vluchten heeft zijn eigen logica. Al bedenk je meerdere scenario's, het is de weg die bepaalt hoe je verder moet.

Een oude wijsheid hielp me: 'Neem de weg, en de weg zal je leiden.'

Ik nam de weg naar Afghanistan en kwam in Turkije terecht.

Turkije is mooi en de Turken zijn bijzonder goede mensen. Ik mag ze. De Turkse politie daarentegen is verschrikkelijk, vooral in die tijd maakten ze van Turkije een hel voor mijn landgenoten.

God kon je niet helpen in het Turkse grensgebied, een pakje Marlboro wel. Het moest een rood, langwerpig pakje Marlboro zijn. Dat werkte als een toverformule. Geen dollars bij je hebben was lang niet zo erg als geen Marlboro's. Als ze geen sigaretten in je zak konden vinden maakten ze je kapot.

Mager en uitgehongerd bereikte ik uiteindelijk Istanboel.

Hoewel ik wist dat ik niet de enige vluchteling was, had ik niet verwacht dat duizenden landgenoten hun tijd doorbrachten als zwervers in de straten van Ankara en Istanboel.

Ik was naïef, ik zag mezelf niet als een van hen en wilde niets met hen te maken hebben. Ik was op weg naar Moskou om van daaruit verder te vechten. En ik had nog genoeg geld om een tijdje te wachten op een paspoort van de Russische ambassade.

In een fatsoenlijk hotel boekte ik een redelijke kamer. De volgende dag poetste ik mijn schoenen en wandelde vroeg in de morgen naar de Russische ambassade. Er stond niemand op wacht bij de poort van de ambassade, camera's hielden alles in de gaten.

Ik belde aan en het duurde lang voordat er werd gereageerd.

'Wat wil je?' hoorde ik in het Engels vragen.

Het was niet de vraag die ik verwacht had. Ik had me voorgesteld dat de deur open zou zwaaien en ik een receptioniste vertrouwelijk zou toefluisteren: 'Ik moet persoonlijk met de ambassadeur spreken.'

'Wat wil je?' herhaalde de stem.

'Dat kan ik hier niet zeggen, ik moet de ambassadeur persoonlijk spreken', fluisterde ik in de gaatjes van de oude bronzen communistische poorttelefoon. Het bleef stil.

'Alleen de ambassadeur', fluisterde ik.

Een Russische diplomaat in pak verscheen op het balkon. Hij wierp een blik op me en draaide zich om. Het duurde weer een eeuwigheid voor er iets gebeurde. Een Russische militair daalde de trappen af en kwam naar mij toe. Met beide handen nam hij twee ijzeren spijlen vast, drukte zijn gezicht tussen de tralies en zei met een zwaar Russisch accent in het Engels: 'Wie ben je? En wat wil je?'

Ik zag hem meteen als een kameraad en fluisterde: 'Internationale Solidariteit. Ik kom rechtstreeks uit Iran, ik heb een geheime code. En volgens de afspraak moet ik de ambassadeur onder vier ogen spreken.'

Hij liep weg, maar kwam binnen vijf minuten terug om de kleine deur van de grote poort te openen. Ik ervoer het als een bijzonder moment in mijn leven, ik was bij de Russische kameraden uit de Sovjet-Unie, ik voelde me veilig.

In een kamer met bruine houten banken in communistische stijl nam ik plaats. Voor het eerst zag ik portretten van de grote communistische leiders, de mannen wier boeken ik als heilige teksten gelezen had. Lenin, Stalin en Leonid Brezjnev. Er hing ook een grote poster met daarop duizenden demonstranten met rode vlaggetjes op het Rode Plein in Moskou. Ik kreeg tranen in mijn ogen van ontroering.

Ik hoefde niet lang op de ambassadeur te wachten. Hij had het gezicht van Lenin en de trekken van Stalin. We schudden elkaar de hand en hij begeleidde me naar zijn kantoor. Het was een onvergetelijk moment, het leek alsof ik de werkkamer van Lenin zelf binnenging. Ik had al die jaren over die leiders gelezen, ik had de foto's van Lenins werkkamer zo vaak bestudeerd dat ik precies wist welke voorwerpen op zijn bureau stonden. Nu was ik in die werkkamer en alles klopte, behalve de portretten.

De ambassadeur liet me op een bruine leren bank plaatsnemen.

'Vertel', zei hij.

Ik had pen en papier nodig om hem mijn geheime code te kunnen geven. Hij bood me een notitieblokje aan met daarop het logo met de hamer en de sikkel. Geëmotioneerd vertrouwde ik op het achtcijferige getal. Voor alle zekerheid trok ik mijn linkerschoen uit en controleerde de cijfers. Het was de laatste keer dat ik twijfelde aan de code. Het getal is vlees geworden: 95736240. Eigenlijk is het simpel te onthouden:

9 – 5 = 4
7 – 3 = 4
6 – 2 = 4
4 – 0 = 4

Daarna moest ik het getal met twee vermenigvuldigen en in omgekeerde volgorde opschrijven: 2 x 95736240 was: 084274191.

Het klopte helemaal.

De ambassadeur stopte het papiertje in zijn binnenzak, bood me een glaasje Russische thee aan, stelde een paar algemene vragen over Iran en zei: 'Komt u volgende week terug.'

Eenmaal buiten liep ik, nee, steeg ik op en zweefde door de blauwe lucht.

10. Dwalen

Louis Couperus heeft ooit de volgende brief geschreven. Hij klaagde:

Waar dwaal ik heen!
Hoe weet ik dit allemaal!

Ik, dichter, fantast, verbeelder, vinder, trouvère, wat weet ik van deze dingen!
Ik weet er niets van.
Maar ik denk er altijd over: er is niets anders in mij dan: de oorlog, altijd de Oorlog en de vlucht.
O, niet meer dan altijd te denken: te genieten van de schoonheid van een boek, een schilderij, een antiek beeld, een natuurstemming, het licht van een wolk, de geur van een bloem, de vlucht van de vogels.
Wat zou het heerlijk zijn, ijl, een geest, niets meer dan een gedachte, een gevoeligheid, op te stijgen, weg van deze aarde, naar de azuren zomernacht.

Een week lang zweefde ik door de azuren hemel boven Istanboel, alles wees erop dat ik een Russisch paspoort zou krijgen en via Bulgarije naar Moskou af zou reizen.

Ik zag mezelf in Moskou opnieuw naar de universiteit gaan. In het vaderland was ik graag schrijver geworden, nu wilde ik mijn kans in Moskou wagen. Misschien zou ik in het Russisch gaan schrijven en een Perzisch-Russische schrijver worden.

Louis Couperus heeft misschien tijdens zijn gedwongen verblijf in Duitsland in de oorlog niet kunnen genieten van het licht van een wolk, de geur van een bloem en de vlucht van de vogels. Ik wel; een week lang ging ik regelmatig op de warme stenen van de Galatabrug liggen en keek naar het licht van de wolken en naar de vogels die massaal op het water neerdaalden en en masse weer opstegen.

Ik heb alle moskeeën van de stad bezocht en als een bezetene met de kraaien van de moskeeën gepraat: 'Kraai! Nog een paar dagen, dan ben ik in Moskou.'

Op een avond hoorde ik honderden kraaien in de bomen van het Taksimplein krassen, van geluk riep ik hardop in het Perzisch: 'Jullie daar, Turkse kraaien, zal ik de groeten van jullie doen aan de kraaien van Moskou?'

Lawaaiig vlogen ze op.

De Turken keken me verbaasd aan: 'Wat roept die man?'

Het was een lange week van wachten en een korte week van geluk.

De volgende maandag ging ik 's ochtends vroeg terug naar de Russische ambassade om mijn Internationale Solidariteitpaspoort op te halen.

Ik belde aan en een bekende stem vroeg: 'Wat wil je?'

Ik fluisterde: 'Ik heb een afspraak met de ambassadeur.'

'De ambassadeur is er niet', zei de man.

Ik wachtte even, drukte nog eens op de bel, maar er kwam geen reactie. Opnieuw belde ik, maar het apparaat zweeg.

Ik postte bij de poort. Het was precies vijf uur in de middag toen de militair naar buiten kwam. Hij keek me niet eens aan.

'Kameraad,' zei ik bescheiden, 'weet u misschien wanneer de ambassadeur weer aanwezig is op de ambassade?'

'Dat weet ik niet', zei hij en hij groette me.

Zes maanden lang ging ik elke maandagochtend naar de ambassade, belde aan en vroeg: 'Is de ambassadeur inmiddels aanwezig?'

'Nee', zei de man dan.

Ik vroeg me af of ik misschien de verkeerde code had doorgegeven, of misschien de verkeerde code van mijn partij had meegekregen.

Daaraan lag het niet. De ambassadeur was daadwerkelijk niet op de ambassade en de medewerkers hadden geen idee wat er aan de hand was.

Er was iets groots gebeurd in Moskou, de Sovjet-Unie

stond op het punt uit elkaar te vallen, maar de rest van de wereld had het nog niet in de gaten. Ik was waarschijnlijk de eerste die op de poort van het gevallen imperium klopte voor de failliete Internationale Solidariteit. Het grote communistische schip zonk en men had Gorbatsjov naar voren geschoven om te redden wat er nog te redden viel. De mensen in Moskou waren met zichzelf bezig, iedereen probeerde zijn bestaan veilig te stellen. Geheime codes? Waar heb je het over? Alle Russische ambassades over de hele wereld waren op non-actief gesteld en alle ambassadeurs waren teruggeroepen naar Moskou.

In werkelijkheid zou het nog enkele jaren duren voordat de Sovjet-Unie uit elkaar zou vallen, maar in mijn hoofd was dat al gebeurd.

Zes maanden heb ik het in Istanboel volgehouden, daarna ging het werkelijk niet meer.

De eerste nacht van mijn verblijf boekte ik vol goede moed een schone kamer met een tweepersoonsbed. Dat laatste was niet nodig, maar de kamer had een mooi uitzicht over de Bosporus. Voor een week kon ik dat wel betalen. Toen ik inzag dat mijn verblijf langer zou duren dan verwacht, verhuisde ik naar een kleinere kamer op de tweede verdieping. Een paar weken later verhuisde ik naar een nog kleinere kamer op de derde verdieping. En uiteindelijk naar de allerkleinste kamer van het hotel op de vierde verdieping.

Ik had nog geld, maar hoelang zou ik in Turkije moeten blijven? Ik moest wat achter de hand houden om agenten te kunnen omkopen voor het geval ik in hun handen terecht zou komen. Ik at sober, alleen wat brood en soms een kopje soep. Er zou een dag komen waarop ik mijn reserves zou moeten aanspreken of het hotel zou moeten verlaten. Ik bood de eigenaar mijn horloge aan. In ruil daarvoor mocht ik van hem nog drie dagen in een andere kamer overnachten.

Het was geen kamer maar een hok. Ik moest mijn schoenen voor de deur uitdoen en direct het bed in stappen. Verder was er geen ruimte om te bewegen. Het hok was niet verlicht. Het leek alsof je in een graf lag.

Ach, misschien zou ik de volgende week al wel in Moskou zijn, in een kamer aan het Rode Plein waar ik door het raam naar de historische gouden koepels zou kunnen kijken.

Het hok stonk, maar ik mocht niet klagen. Op een nacht hoorde ik gepiep. Onder het bed krioelden tientallen ratten. Geschrokken verliet ik het hotel zo snel mijn benen me konden dragen.

Het hok bleek een wc te zijn geweest. De eigenaar had een plank over het gat gelegd en er een bed overheen gezet.

11. De nachtmerries

Ik heb weer een vreselijke nachtmerrie gehad. Ik droomde dat ik door een smalle straat in Istanboel liep, een van die straten die recht op de spoorbaan uitkomen.

Het was laat op de avond, de hemel was zwart, de lantaarns brandden niet. Toch lag als een mist een flauw, diffuus schemerlicht over alles heen, het licht van het schimmenrijk, waar het nooit dag wordt, maar nacht evenmin.

Uit de ramen hingen mensen die doodstil mijn bewegingen volgden.

Plotseling hoorde ik voetstappen. Het geluid leek haast op dat van een trein die over de rails raast. Het groeide uit tot een overdonderend lawaai. Mijn ouders stonden voor me. Het viel me op dat ze geen schaduw hadden.

'Jongen, ben jij dat?' fluisterde mijn moeder, 'ik kan je geen hand geven, zoals je ziet.'

'Waarom hebben jullie zo'n haast?'

Mijn vader gebaarde naar een van zijn opgerolde portrettekeningen onder zijn arm.

'Wat is dit?'

'Het portret van je overgrootvader.'

'Waarom moest u dat meenemen?'

Hij boog voorover, hoewel hij kleiner is dan ik, bracht zijn handen dicht bij mijn gezicht zodat ik zijn gebaren kon zien en zei: 'Dat ... te gevaarlijk.'

Hij overhandigde de tekening aan mijn moeder en met zijn zakmes lichtte hij een deksel van een put. In de put hing een ijzeren ladder, die hij begon af te dalen. Mijn moeder volgde hem.

Dit fragment heb ik uit *In de mist van het schimmenrijk* van Willem Frederik Hermans overgenomen. In dit oorlogsdagboek van de student Karel R. tekent Hermans gedachten en belevenissen op uit het bezette Amsterdam.

Toen ik het boekje las, noteerde ik die passage in mijn cahier.

Want ik heb dezelfde nachtmerrie gehad.

In Istanboel werd ik gegrepen door angstdromen. Ik had mijn vrouw en dochtertje in de steek gelaten, ik kon niet meer terug naar huis en ik had geen plek om naartoe te gaan. De man die met zijn kameraden het volk wilde bevrijden, was een zwerver geworden.

Op mijn dwaaltochten door de straten van Istanboel vermeed ik de straat waar de ambassade gevestigd was. Ik begaf me onder de massa vluchtelingen en liet het aan het leven over.

Het was niet eenvoudig om onderdak te vinden. De Turken dachten dat alle gevluchte Iraniërs stinkend rijk waren, dat ze in Iran allemaal een eigen aardoliebron hadden. Daarom vroegen ze aan mijn landgenoten huurprijzen die drie keer zo hoog waren als normaal. Politieagenten stonden op alle hoeken te loeren op hun prooien. Bij het zien van een politieagent dook iedereen weg in de steegjes. Iemand van wie ze vermoedden dat hij geld zou hebben, hielden ze tegen.

'Paspoort!' was hun eerste vraag, want ze wisten dat bijna iedereen illegaal in Turkije verbleef. Wanneer je papieren in orde waren, vroegen ze naar je verblijfadres en als ze je adres hadden, lieten ze je niet meer met rust. Ze zochten je midden in de nacht op en wilden geld. Als je niet betaalde, namen ze je direct mee naar het bureau. Je moest altijd een biljet van tien dollar klaar hebben liggen, anders doorzochten ze je spullen net zo lang tot ze je geld gevonden hadden.

Ik had al mijn spaargeld in een gat in de kraag van mijn jas gestopt en ik was bang dat ze het op een keer zouden ontdekken.

Om niet gek te worden, wandelde ik urenlang door de stad. Ik hield mijn tranen altijd binnen. Maar toen ik aan de oever van de Bosporus kwam en er een groot vrachtschip passeerde, begon ik hard te huilen.

Op een dag zag ik honderden van mijn landgenoten voor het hoofdbureau van de politie staan. Het was een merkwaardig gezicht, want doorgaans bleef iedereen daar uit de buurt. De vluchtelingen hadden bij de Verenigde Naties veel klachten tegen de Turkse politie ingediend. Er was nu een delegatie van de VN langsgekomen om de politieagenten op hun gedrag te wijzen.

Ik zocht naar een bekende, maar ik zag niemand. Een jongeman riep iets in de richting van het politiebureau. Hij was gebroken en boos, je zag het aan zijn houding en zijn gebalde vuist in de lucht. Ook anderen riepen harde woorden. Het verraste me dat mijn landgenoten massaal in het Turks leuzen begonnen te roepen:

'Türk polisi faşist!'

Yardım! Yardım! Yardım! Help! Help! Help!'

De agenten, die zich bedreigd voelden, vielen de mensen aan met hun stokken, ze arresteerden iedereen die ze te pakken konden krijgen en sleurden hen over de grond mee naar het politiebureau.

De jongeman die als eerste had geroepen, haalde een fles uit zijn binnenzak en goot de inhoud over zijn hoofd en zijn kleding. Ik besefte niet dat het benzine was. Hij haalde een aansteker uit zijn zak en stak zichzelf in brand. Toen ik me realiseerde wat hij had gedaan, was het al te laat, de vlammen kropen langs zijn lichaam omhoog. Ik gooide mijn rugzak op de grond, trok mijn jas uit en rende naar hem toe. Vanwege de pijn bewoog hij als een marionet alle kanten op, waardoor ik hem niet vast kon pakken. Iedereen was geschrokken, ook de politie. Het lukte een landgenoot om op hem te springen en hem op de grond te duwen. Ik gooide mijn jas over zijn hoofd om de vlammen te doven. De vrouwen gilden, de mannen scandeerden hun leuzen nog krachtiger, de gezanten van de Verenigde Naties renden naar buiten. Emoties laaiden hoog op.

Er kwam een ambulance aanrijden met gillende sirenes en een groep gewapende agenten arriveerde te paard. Ze reden in op de demonstranten, die zich uit de voeten maakten om niet in handen van de politie te vallen. Ik pakte mijn jas van de grond, schoot een lange steeg in, rende tot het eind. Toen ik rechts afsloeg, botste ik met mijn voorhoofd tegen iets hards en viel op de grond.

Ik weet niet hoelang ik daar heb gelegen, maar toen hielp iemand me overeind, het was een landgenoot.

'Wat is er met jou gebeurd?' vroeg de man.

Ik kon me niets herinneren.

'Je gezicht en je handen zijn verbrand, je kleding ook.'

Ik was nog niet in staat om iets te zeggen.

'Heb je familie hier? Een vrouw? Kinderen?'

Mijn ogen brandden en de tranen liepen over mijn wangen. De man had me met zijn vraag geraakt, hij had me weer in contact gebracht met mezelf. Door de brok in mijn keel kon ik hem geen antwoord geven.

'Waar slaap je?' vroeg de man.

Ik sliep in een goedkope herberg buiten de stad waar ik pas om tien uur 's avonds naar binnen mocht en om zes uur 's morgens de deur weer uit moest. Ik bracht de nachten met Turkse seizoensarbeiders door. Ik sliep op de grond en betaalde er drie dollar per avond voor.

De man nam me mee naar een theehuis waar ik hem een deel van mijn verhaal toevertrouwde.

Zelf was hij opgeleid als chirurg en hij had in het leger gewerkt. Hij liet doorschemeren dat hij in dezelfde linkse ondergrondse beweging actief was geweest als ik.

'Je ziet er niet gezond uit,' zei hij bezorgd, 'ga met mij mee. Het zal goed voor je zijn.'

'Waar woon je?' vroeg ik.

'Een oud echtpaar heeft een huis gehuurd, het is te duur voor hen. Het zijn Armeense Iraniërs en ze willen naar Amerika, maar hun papieren zijn nog steeds niet in orde. In het huis logeren drie andere mannen en ik. Illegaal. Pas als het donker is, mogen we naar binnen. De volgende dag hoeven we niet weg te gaan als dat niet nodig is. Het zijn aardige mensen. De vrouw kookt. We betalen zeven dollar per persoon per nacht en we mogen mee-eten. Een van de mannen is weggegaan. Je kunt zijn plaats innemen.'

Het was een ongewoon voorstel en ik kon eigenlijk niemand vertrouwen, maar ik had niets meer te verliezen. De eenzaamheid kon ik niet meer verdragen.

De gehavende bouwval was nauwelijks meer een huis te noemen. Het maakte niet uit, als ik maar een plek had om te zitten.

In de pikdonkere gang sloeg de vertrouwde geur van Perzisch eten me in het gezicht. Ik rook vers brood en hoorde gefluister in het Perzisch. Het waren moederlijke woorden: 'Kom verder, mijn zoon. Ach, wat is er gebeurd met je gezicht?'

Ik wilde haar niet verdrietig maken met het nieuws over het incident voor het politiebureau, daarom groette ik haar: 'Salam, wat een lief huis.'

De kamer was eenvoudig, warm en gezellig en het rook naar thuis.

De thee stond klaar, een klein televisietoestel babbelde en een rode cassetterecorder zong een Perzisch liedje. Drie mannen, die op de grond zaten te lezen en te schaken, stonden op. Ik weet niet waarom, maar op dat moment zakte ik in elkaar.

De mannen hielpen me overeind, namen me mee naar de badkamer, stopten me in een grote koperen kuip, zoals ze die in een hammam gebruiken, en goten warm water over mijn hoofd. Ze wasten me als hun broer, gaven me hun eigen schone kleren en lieten me naast de kachel plaatsnemen, waar de oude vrouw een kommetje soep en een stukje warm brood op een rond blad voor me had neergezet. 'Gelukkig hoeft je familie je in deze toestand niet te zien. Heb je een vrouw en kinderen?'

Ik vertelde haar over mijn familie en over hoe ik hier was gekomen.

'Weet je vrouw dat je nu in Turkije bent?'

'Ik heb haar een ansichtkaart met "Groeten uit Istanboel" gestuurd. Ik weet niet of ze die ontvangen heeft.'

Een week lang bleef ik binnen en kreeg ik de lekkerste warme soepen uit de zorgzame handen van die Perzische vrouw. Ik dronk thee, keek televisie, las oude kranten, schaakte, verloor, ik verloor iedere keer weer. Tot ik begon te winnen en iedereen in die gezellige kamer versloeg.

Op een nacht ging ik heimelijk naar buiten om een ommetje te maken en na te denken over volgende stappen. In een steeg hield een agent me aan. Hij drukte me tegen een lantaarnpaal en zei: 'Ik weet waar je woont. Geef me geld of ik neem je mee.'

Ik stopte een biljetje in zijn hand. In het licht van de lantaarn zag hij dat het een briefje van tien dollar was. Hij sloeg hard met zijn vuist tegen mijn schouder en zei: 'Dit is de prijs voor je zus, meer!' Ik had nog een beetje geld in mijn zakken. De rest zat in de kraag van mijn jas. Als hij daar achter zou komen, was ik het kwijt.

'Ik heb niets meer', probeerde ik.

Hij sloeg me nog een keer en trok me bij mijn kraag mee naar zijn politieauto die op straat onder de bomen stond. Niemand kon me helpen als hij me arresteerde.

'Wacht even', zei ik en ik diepte mijn laatste twee biljetjes op.

'Je krijgt een week de tijd. Ben je niet weg, dan kom ik weer terug. Begrijp je?'

'Ik begrijp het.'

Ik had genoeg rondgedwaald, wachten had geen zin meer en Moskou kon ik uit mijn hoofd zetten. Na een week van rust en goed eten had ik weer de kracht om een beslissing te nemen.

Ik moest me net als alle duizenden andere vluchtelingen het land uit laten smokkelen.

Daar had ik geld voor nodig. Via een familielid van het echtpaar bij wie ik woonde, zocht ik contact met mijn vrouw en zij regelde dat ik een paar duizend dollar via een Perzisch bedrijf in Istanboel ontving.

Alle illegalen waren op zoek naar een mensensmokkelaar. Van de honderden smokkelaars in Istanboel was er niet één betrouwbaar, maar je had geen keuze.

De wet van de jungle gold, de sterkste zou overleven. Wie veel betaalde, werd naar de beste plekken van de wereld gestuurd.

Voor tienduizend dollar brachten de smokkelaars je binnen een week naar New York.

Voor negenduizend dollar zat je binnen drie dagen in Londen.

Met achtduizend dollar was je binnen drie dagen in Parijs.

Voor Berlijn betaalde je zevenduizend dollar, voor Stockholm vijfduizend dollar, voor Oslo vierduizend dollar en voor Kopenhagen drieduizend dollar.

Wie slechts een paar duizend dollar had, kon naar Nederland.

Niemand wilde naar Nederland. Niemand wist precies waar het land lag. Nederland klonk verdacht, mensen raadden het af: 'Dat moet je niet doen, het is zonde van je geld. De taal is erg moeilijk en het land is piepklein. Vergeet die plek waar het elke dag regent en het altijd waait.'

Nadat ik mijn uitstaande schulden had afbetaald, had ik nog precies tweeduizend zevenhonderdvijftig dollar over. Daarvan wilde ik nog een pak, een hemd en een paar schoenen kopen. Voor noodgevallen moest ik een paar honderd dollar achter de hand houden. De mensensmokkelaars houden van ronde getallen, ik kon hun nog precies tweeduizend dollar bieden.

Ze hebben geen kantoor en ze opereren allemaal onder een schuilnaam, bijvoorbeeld Atilgan, Ayaz, Saffet, Yahya. Ze werken altijd samen met agenten die hen dekken.

Er was een café waar je de smokkelaars kon treffen. Je moest buiten op de stoep onder de boom aan een tafel gaan zitten. In het café zaten mannen die je in de gaten hielden als je onder de boom plaatsgenomen had. Als je betrouwbaar leek, stuurden ze een van hun knechten naar je toe, die naast je kwam zitten en je een sigaretje aanbood. Zo raakte je in gesprek.

'Hoeveel heb je?'

'Tweeduizend dollar.'

De knecht spuugde tegen de boom en liep weg. Ik was de moeite niet waard. Ik bleef nog een kwartiertje zitten.

Een jongeman van mijn leeftijd, het was aan zijn scherpe ogen te zien dat hij geen knecht was, nam plaats naast mij en zei in het Turks-Engels: 'Met tweeduizend dollar kun je nergens naartoe.'

Ook hij bood me een sigaretje aan.

'Het is alles wat ik heb.'

Hij keek me recht in mijn ogen en testte me met zijn blik, hij wist meteen dat ik niet loog.

'Je gaat met mij mee', zei hij.

Op zijn motor reden we kriskras door wat straatjes, hij wilde zeker zijn dat niemand ons achtervolgde. Hij stopte bij een armoedig eetcafé in een buitenwijk en bestelde eten voor ons tweeën.

'Heb je kinderen?' vroeg hij vriendelijk.

'Ja, een dochtertje.'

'Ik ook, ik heb ook een dochtertje', glimlachte hij.

Hij had een aangenaam gezicht, donker krullend haar, donkere ogen.

'Waar zijn je vrouw en je dochter?'

'Thuis, in Iran.'

'Verstandig, je moet ze niet betrekken bij zulke reizen.'

Toen we gegeten hadden, schoof hij een papiertje naar me toe en zei: 'Noteer het adres waar je woont. Vanaf morgen blijf je elke avond thuis. Houd je geld klaar. Geen bagage. En mond dicht.'

Ik noteerde het adres, hij stopte het papiertje in zijn zak, betaalde en reed weg. Ik wandelde terug naar huis.

Vijftien avonden en vijftien lange nachten wachtte ik tevergeefs op hem. Was mijn geld niet genoeg? Vertrouwde hij me toch niet? Was de situatie nog niet veilig?

Hij had geen verplichting om zijn belofte na te komen. Waarschijnlijk was hij betere klanten tegengekomen. Gelukkig had ik mijn geld nog. Ik kende velen die een smokkelaar vooruit hadden betaald en de man daarna nooit meer hadden gezien. Er waren ook mensen die tienduizend dollar gegeven hadden om naar Amerika te vliegen, waarna hun vliegtuig in een andere stad in Turkije was geland. Diep in mijn hart geloofde ik dat mijn contactpersoon me niet in de steek zou laten.

Ik kreeg gelijk. De zestiende nacht kwam hij me halen. Mijn huisgenoten en het oude echtpaar wensten me geluk. Ik omhelsde iedereen en kuste de vrouw. Buiten volgde ik de man naar zijn motor, die onder een boom geparkeerd stond, en ik ging achterop zitten. Hij reed de stad uit, naar de weilanden. Op een verlaten plek stopte hij en vroeg om het geld.

Wat moest ik?

Ik haalde een envelop onder mijn kleding vandaan.

In het licht van de koplamp van zijn motor telde hij de

bankbiljetten. Tweeduizend dollar. Hij stopte de envelop in zijn binnenzak. Nu zou hij weg kunnen rijden en me alleen achter kunnen laten. Hij deed het niet. We reden nog een kwartiertje over een kronkelende weg. Voor ons zag ik de contouren van een grote vrachtwagen.

De smokkelaar stopte bij de vrachtwagen. De chauffeur stapte uit om de laaddeur open te doen. Hij sloeg me op mijn schouder en zei zakelijk: 'İyi şanslar, veel geluk!'

Ik klom in de laadruimte en kroop tussen de pallets door naar achteren. De smokkelaar reed weg. Zijn rode achterlicht verdween langzaam in de nacht. De vrachtwagen werd gestart, het duurde even voordat ik stemmen van anderen tussen de pallets hoorde. Met mij waren er nog zes of zeven mannen. Elk in afwachting van wat het leven zou brengen.

12. Orde in de chaos

Ik ben net bij een Syrische vriend op bezoek geweest, Saleh bin Ahamd, een schrijver van mijn leeftijd. Hij woont alleen. De hele dag blijft hij binnen om zijn Arabische verhalen op te schrijven. In het begin kwam hij langs in mijn winkel. Na een kort gesprek in gebroken Nederlands ging hij weer.

Van lieverlee bleef hij langer en praatte gewoon door als er een klant binnenkwam.

Later liep hij met een klapstoel in zijn hand door de stad. Soms zette hij die stoel voor mijn winkel en bleef daar urenlang stil zitten roken.

Prettig vond ik het niet, maar ik kon hem niet wegsturen. Zelfs niet als ik door hem al mijn klanten kwijt zou raken.

De schrijver Saleh bin Ahamd was buiten zijn eigen taal

terechtgekomen. Soms bleef hij maandenlang weg om dan opeens weer voor me te staan. Zo kwam hij pasgeleden onverwachts opdagen. Het was vroeg in de morgen. Hij had een grote oranje opblaashamer met de tekst HUP HOLLAND HUP met een touwtje op zijn rug gebonden.

Ik liet de lucht uit de hamer, rolde het ding op en bracht de verwarde Saleh naar zijn huis.

De volgende dag hoorde ik iemand aan de overkant van de gracht schreeuwen. Er stond een ambulance bij. Omdat er veel mensen verzameld waren, kon ik niet goed zien wat er aan de hand was. Ik zag wel dat een agent een oranje opblaashamer vasthield. Ik begon te rennen, maar voordat ik aan de overkant was, reed de ambulance weg.

In de schrijver Saleh bin Ahamd zie ik mezelf. Hij is mijn pijn. Stapels manuscripten heeft hij in het Arabisch geschreven. Vaak als ik thuis op mijn zolderkamer schrijf, denk ik aan hem.

Vandaag is hij na een behandeling uit het psychiatrisch ziekenhuis ontslagen. Ik ben bij hem langsgegaan.

'Ik voel me beter', zei Saleh. Ik wilde hem graag geloven.

Saleh bin Ahamd doet me aan mijn verblijf in Istanboel denken.

Nederlanders gaan vaak naar Turkije op vakantie. Iedereen vertelt dat het daar een paradijs is met die geheimzinnige moskeeën van Istanboel.

Tientallen keren ben ik gedachteloos langs al die stegen, al die historische plekken, al die gebedshuizen gewandeld.

Laatst las ik een boek van een Turkse schrijver over Istanboel. Het was een merkwaardige belevenis. Pas toen ik het boek gelezen had, kon ik die stad zien.

De Turkse schrijver concludeert: 'Om van Istanboel te kunnen genieten en om een toevallige genade van de wijnstokken, de bomen en de ruïnes te mogen ontvangen, moet je eerst en vooral een vreemdeling voor hen zijn.'

Ik was lange tijd een vreemdeling in Istanboel, zonder de wijnstokken of de bomen te zien.

Zo vrees ik ook dat Saleh bin Ahamd de grachten, de boten, de kerken en de Dam van Amsterdam nog niet gezien heeft.

Ik liet Istanboel achter me toen ik in die achttienwielige vrachtwagen klom.

In de laadruimte had ik geen idee welke route de vrachtwagen nam. Nu ik zelf vaak door Duitsland rij, ben ik zo goed als zeker dat de vrachtwagen via Düsseldorf naar Nederland is gereden. Er moeten twee chauffeurs zijn geweest, want op drie korte stops na hebben we onderweg nergens gepauzeerd.

We zaten achter de pallets op de vloer, er was geen ruimte om te liggen. We konden elkaar niet zien en omdat er niet genoeg zuurstof was, moesten we ons rustig houden. De lucht die via een kier aan de onderkant van de laaddeur naar binnen kwam, was onvoldoende, waardoor we voortdurend in een soort slaaptoestand verkeerden. Soms hoorde ik iemand iets zeggen, vaag en sloom.

'Waaar ziijjn wiiijjj, deeeenk jjje?'

'Weeet niiiieee ...'

Ik probeerde wakker te blijven, uit angst dat ik in mijn slaap zou stikken. Na een paar uur in hurkzit had ik het gevoel dat mijn benen enorm opgezet waren. Ik moest ze nodig strekken, maar daar was geen ruimte voor. Langer kon ik het niet volhouden, mijn knieën barstten bijna van de druk. Ik duwde mijn handen tegen de grond om de druk te verlichten. Ook dat hield ik niet lang vol. Ik verplaatste me en liet mijn hoofd op de grond rusten. Dat was beter, maar nu kon ik niet goed ademhalen. Moeizaam kroop ik tussen de pallets door naar de laaddeur. Bij de kier ademde ik een paar keer diep in. De frisse lucht verdreef de pijn in mijn benen en in mijn nek.

'Kruip naar de deur. Anders gaan jullie dood', fluisterde ik in het Engels tegen de anderen.

Aanvankelijk reageerde niemand, daarna hoorde ik hun gestommel.

Ik kon hen niet zien in het donker, sloeg een paar keer zachtjes met mijn hand tegen de vloer en zei: 'Kom naar de kier onder de deur en adem diep in.'

Toen ze zich beter voelden, kwam er een gesprek op gang. We waren met zijn zevenen: een Afghaan, een Iraniër, een Armeniër uit Syrië, een Irakees, een Koerd uit Turkije en twee Bulgaren.

We doodden de tijd met noodgedwongen korte gesprekken. Sommigen spraken geen woord Engels.

In onze fantasie zagen we onszelf weer vrij rondlopen in Jerevan, Damascus, Koerdistan, Ispahan en Bagdad.

Als de vrachtwagen vaart minderde, kropen we weer achter de pallets.

Onderweg ging de laadklep drie keer open. Zonder een woord met ons te wisselen, ruilde de chauffeur de volle emmer voor een lege. Aan water en brood hadden we geen gebrek.

De laatste keer dat de deur werd ontgrendeld, stroomde een zee van lucht door de ruimte en de chauffeur maande ons: 'Acele, çabuk ... schiet op!'

We konden niet opstaan omdat we te lang in dezelfde houding gezeten hadden. Op handen en voeten kropen we naar de deur en trokken ons aan de pallets omhoog.

'Acele! Bu şekilde ... schiet op! Die kant op!' riep de chauffeur.

Toen hij iedereen een andere richting op had gestuurd, het donker in, startte hij de vrachtwagen weer.

Ik heb geen enkel idee waar de andere mannen heen zijn gegaan en waar ze terecht zijn gekomen. Zelf liep ik over een lange weg langs boerderijen en sloten. Er waren geen bergen, geen heuvels om me op te kunnen oriënteren, tot ik in de verte een kerktoren zag opdoemen.

In het dorp waar ik in alle vroegte aankwam, was waarschijnlijk nog nooit een vreemdeling geweest. De mensen keken verbaasd. Vermoedelijk zag ik er verward uit. Toen ik dicht bij de kerktoren was, stopte er een politieauto naast me. Ik stak mijn armen in de lucht en riep: 'Asiel!'

Dat woord had een van de vrachtwagenchauffeurs ons in het oor gefluisterd.

Op het politiebureau werd ik ondervraagd. Een agent noteerde de grote lijnen van mijn verhaal en nam mijn vingerafdrukken. Daarna bracht hij me naar een asielzoekerscentrum, een voormalige kazerne op een plek waar je geen gewone burger tegenkomt.

Ik was in een wereld terechtgekomen waarvan ik het bestaan nooit had geweten. Een paar honderd bebaarde en niet-bebaarde mannen, die rookten en in allerlei talen spraken; moslimvrouwen in kleurrijke, lange rokken; Russische vrouwen in zeer korte rokjes; hoogzwangere Bulgaarse vrouwen; fietsende Mongoolse kinderen; Somalische oorlogsvluchtelingen; Chinese baby's in de armen van hun jonge, kleine moeders; Iraanse dichters; Bosnische acteurs en actrices; Turkse Armeniërs; rebellen van de Koerdische PKK; beeldschone Afghaanse meisjes; misdadigers; voormalige guerrilla's; doorgewinterde generaals; drugshandelaren; hoeren; spionnen; dieven; leugenaars; martelaren; Hollandse katten en honden: ze leefden allemaal door elkaar.

Hoog in de boom zat een kraai die alles en iedereen in de gaten hield.

Ik kreeg een bed in een kleine kamer aangewezen waar nog vijf andere mannen op ijzeren stapelbedden sliepen.

Ik lag net met mijn armen onder mijn hoofd op mijn bed toen het geluid van loeiende sirenes van politieauto's het terrein vulde. Iedereen rende naar buiten. Een jonge Servische man was in een douchecabine neergestoken. Alle mannen moesten nu met hun handen op het hoofd en met het gezicht naar de muur gaan staan. Ik stond tussen een Bosniër en een Irakees.

Het was een chaotische toestand. Terwijl de politie naar de misdadiger zocht, lag een groep vluchtelingen moegestreden van een langdurige hongerstaking op matrassen in de tv-zaal. De mannen woonden met hun gezinnen al acht jaar lang in het kamp, maar hadden nog steeds geen uitsluitsel van de rechtbank.

Mensen konden zich in die ordeloosheid en onzekerheid niet lang staande houden. Ze zochten mensensmokkelaars om hen verder naar Canada of Amerika te brengen. Dag en nacht stond een lange rij mensen voor de enige telefooncel van het kamp. Ze belden naar familie.

'Verkoop ons huis, stuur het geld op.'

'Verkoop onze auto, stuur het geld op.'

'Ga bij je vader langs, vraag wat geld.'

'Verkoop je goud, stuur het geld op.'

Twee keer wilde ik mijn vrouw bellen en vragen: 'Ga bij mijn vader langs en vraag om geld.'

Ik wist dat mijn vader zijn huis zou verkopen om me te helpen, maar voordat er verbinding was, legde ik de hoorn neer: ik kon het hem niet aandoen.

Toen ik voor de derde keer de hoorn pakte en het nummer wilde draaien, werd er op de ruit van de telefooncel getikt. Een groep vrijwilligers probeerde met lessen Nederlands orde in de chaos te creëren.

Een van hen, een vrouw, riep door het glas heen: 'Er is

Nederlandse les! Ga je mee?'

Ik legde de hoorn neer en besloot met de vrouw mee te gaan.

De kraai vloog krassend over het kamp.

13. De klucht van de koe

Er zijn vele jaren voorbijgegaan sinds de dag dat ik naar die les ging en inmiddels heb ik bijna alle belangrijke Nederlandse boeken gelezen die ik gelezen zou moeten hebben.

Soms, als ik langer bij een tekst wil blijven stilstaan, probeer ik die naar het Perzisch te vertalen. Ik heb geen Perzische lezers, ik doe het voor mezelf.

Laatst heb ik *De klucht van de koe* vertaald van de Amsterdamse schrijver Gerbrand Adriaensz. Bredero. Een juweeltje uit de literatuur van de Gouden Eeuw.

Het is een kluchtige anekdote over een listige, brutale gauwdief en een domme boer. De dief steelt de koe van de boer en slaagt erin om deze weer aan hem te verkopen:

Ick heb, o waerde Vrindt, en Heer
Op dit Voorslagh geen stoffe meer,
Heb ick 't na wensch niet konnen deylen;
Onkunde is 't, die hinderdt myn,
Geen werck hoe schoon dat het mach zyn,
Of daer sal somwyls yet an feylen.

Het is voorwaar geen vromer man,
Die meerder doet als hy en kan.
Ick heb het na myn macht geschreven,
Ghy die dit siet, erkauwt, of leest,
Zijt ghy begift met hooger Geest,
Den ionghen Leerling wilt toegeven.

Ik kon het Amsterdams van de zeventiende eeuw natuurlijk niet zonder hulp vertalen. Ik heb het samen met Harry gedaan. Hij is fotograaf en hij maakte een serie portretten van Amsterdamse winkels en winkeliers. Volgens hem kun je de geschiedenis van een stad het best laten zien via de veranderingen in zijn winkels.

'In de afgelopen tien jaar hebben veel immigranten nieuwe winkels in de stad geopend. Ik ben ervan overtuigd dat ik een bijzonder keerpunt in de geschiedenis van de stad meemaak. Pas nog heb ik een reeks vastgelegd van nachtwinkels, oosterse restaurants, Afghaanse kruideniers, Marokkaanse bakkerijen, Perzische theehuizen met waterpijpen, Turks brood, baklava, grote watermeloenen en noem maar op.'

Hij verkoopt zijn foto's aan de gemeente en aan kranten.

'Jouw winkel is anders. Hij is gevestigd in een bijzonder, historisch, Amsterdams pand. Vooral je uithangbord maakt het plaatje compleet', zegt Harry.

Hij heeft een mooie foto van me gemaakt, staande voor mijn winkel: 'Koffiemakelaar Refiq Foad.'

De foto is afgedrukt in de Amsterdamse krant.

Harry en ik zitten af en toe in een café om de hoek. Van hem heb ik geleerd om koude oude jenever te drinken. Ik heb thuis altijd een fles in de koelkast staan. In het café heb ik steeds een deel van *De klucht van de koe* met hem gelezen. De Nederlandse taal heeft ons aan elkaar verbonden.

Op gezette tijden komt hij langs en zegt: 'Heb je nog vragen, Foad?'

Ik open mijn cahier en laat hem fragmenten van mijn verhalen lezen. Het zijn stukjes die niet goed lopen. Harry corrigeert ze voor me. Ik vergoed zijn tijd met koffie.

Ik weet niet aan wie of waaraan ik het te danken heb, maar op een dag zei iemand van de bewaking van het kamp dat ik mijn spullen moest pakken en met hem mee moest gaan. Ik dacht dat ze me het land uit wilden zetten. Met twee andere mannen stapte ik gelaten in een bestelwagen. De bewaker reed over een vlakke weg, parallel aan een groene dijk. Na een half uur stopte hij bij een kleine boerderij. Daar mocht ik met de twee andere mannen voorlopig wonen. Het kamp had onze bedden nodig voor nieuwe asielzoekers.

Het zag ernaar uit dat ik voor onbepaalde tijd met voor mij onbekende mannen samen zou moeten leven, maar ze verdwenen na een week en kwamen niet meer terug. Het zou me niet verbazen als ze zich naar Amerika hadden laten smokkelen.

Alleen in dat huis moest ik van die dijken, de regen, de koeien en de taal iets maken, zodat ik mijn vrouw en dochtertje over kon laten komen.

De woning had drie kleine slaapkamers met stalen bedden met witte lakens. In de woonkamer waren een bruine, ronde tweedehandstafel en een televisietoestel neergezet. Een zwart koffiezetapparaat stond eenzaam in de kale keuken.

Ik moest uitkijken dat het huis me niet vermoordde.

Vaak liep ik naar buiten, de grond was nieuw en het rook nog naar vis en zeeplanten. Het was bijzonder om daar te wonen. Vroeger was alles in mijn omgeving oud. De bergen, de rivieren, de druiventuinen, de kraai van ons huis, de moskee, de tapijten. De mannen waren grijs en de vrouwen gesluierd. Hier was alles jong en nieuw. Zelfs de kraai op de lantaarnpaal was jong. Ik woonde in de polder en vond het inspirerend.

De eerste maand had ik genoeg aan mijn omgeving, daarna ging het mis. In het vaderland had ik eerst tegen de sjah gevochten, vervolgens tegen de geestelijken. Na de vlucht vocht ik in Turkije tegen het Turkse politieapparaat. In deze polder was het beangstigend rustig. Niemand bedreigde me. Ik raakte uit evenwicht.

Elke dag schreef ik tot diep in de nacht in het Perzisch. Nu had ik alle tijd, alle rust, alle veiligheid en toch ging het niet. Ik voelde me ziek, ik kreeg het er benauwd van als ik in het Perzisch schreef. Ik voelde me als een stervende schrijver en ik zag mezelf steeds dieper in het zand van de polder wegzakken.

Je schrijft om te delen, anders verstik je in je eigen woorden. Ik had geen lezer, bovendien werd mijn dierbare Perzische taal beheerst door de geestelijken. Mijn taal was giftig en hij beklemde me.

Het verdriet bleef steken in mijn keel en werd zo hard als steen, waardoor ik nauwelijks nog kon ademhalen.

Pas in dat huis realiseerde ik me dat de wereld aan het veranderen was. Het kamp was er een duidelijk symptoom van en zonder dat ik me ervan bewust was, was ik een deel van die verandering geworden.

Wat had het voor zin om in mijn eigen taal voor niemand te schrijven? Ik zou opnieuw moeten beginnen, andere verhalen moeten vertellen. De verhalen van degenen die hun huis en taal verlaten hadden, de verhalen van hen die kwamen en van hen die ze zagen komen.

Er was geen tijd voor vermoeidheid, geen tijd om te stikken in mijn eigen verdriet.

Ik wandelde in de rust van de polder en ik dacht na.

In het begin van de vorige eeuw reisden vele oosterse schrijvers naar Europa. Een aantal woonde enkele jaren in

Parijs, onder wie de Perzische schrijver Sadeq Hedayat. Hij leerde de taal en maakte kennis met de moderne Franse literatuur. Terug in het vaderland schreef hij zijn eerste Perzische roman.

Hedayat was niet de enige, het was een trend in het Midden-Oosten geworden. De schrijvers leerden de taal van het gastland en brachten na hun terugkeer een grondige verandering teweeg in hun eigen cultuur.

Zoals Moshir Aldollah. Hij maakte een Perzische vertaling van het Franse wetboek. Die vertaling werd later het fundament van de eerste Perzische grondwet.

Deze intellectuelen leerden de Franse taal, maar het was nog bij niemand opgekomen om in de taal van het gastland te gaan schrijven.

Op een dag zag ik op de televisie een vorstin met een kroon op haar hoofd. Ze zat in een koninklijke stoel en las een lange tekst voor. Ik vermoedde dat zij de koningin van Nederland was en bleef naar haar kijken. Van haar toespraak begreep ik geen woord. Het was een keten van klanken. Ik dacht: schrijven in de taal van deze koningin zou een magische ervaring kunnen zijn.

Instinctief pakte ik de pen. Ik schreef pagina na pagina warrige teksten in mijn cahier. Tot mijn verbazing voelde ik me daarna goed. De steen in mijn keel was weg.

Ik had drieëntwintig pagina's in het Nederlands geschreven. Er stonden genoeg bestaande woorden in, maar alleen ik begreep de samenhang.

De zinnen waren gebroken en de grammatica klopte nog niet. Ik wist wat ik bedoelde, maar voor een ander was er geen touw aan vast te knopen.

In mijn beleving had ik mijn tekst in de taal van de koningin van Nederland geschreven. Om het voor een ander begrijpelijk te maken, had ik meer woorden nodig.

Dus fietste ik naar de wijkbibliotheek om een boek te halen.

14. Een groot Nederlands bed

> Het was warm aan den vijver en doodstil. De zon, rood en afgemat van haar dagelijksch werk, scheen een oogenblik op den verren duinrand uit te rusten, voor ze onderdook. Bijna volkomen spiegelde het gladde water haar gloeiend aangezicht weer. De over den vijver hangende bladen van den beuk maakten van de stilte gebruik om zich eens aandachtig in den spiegel te bekijken. De eenzame reiger, die tusschen de breede bladen van de waterlelie op één poot stond, vergat dat hij uitgegaan was om kikkers te vangen en tuurde in gedachten verzonken langs zijn neus.

Dit is een citaat uit een belangrijk boek uit de Nederlandse literatuur. Het boek lag in de kantine van het kamp op de tafel waaraan Miranda haar scriptie schreef.

Miranda liep daar stage. Onderwerp van haar werkstuk was de immigratieproblematiek. Ze had er met mij een paar keer een gesprek over gevoerd.

'Kom even zitten', zei ze.

Ik pakte het boek en bladerde erin. 'Mooi boek?'

'Heel mooi, geschreven in een prachtige taal, dromerig eigenlijk.'

Ik kon het niet lezen, maar ik onthield de titel en de naam van de schrijver: *De kleine Johannes* van Frederik van Eeden.

Dat boek haalde ik uit de wijkbibliotheek. Het was helaas nog steeds te moeilijk om aan te beginnen.

Op Nederlandse schrijvers van mijn leeftijd had ik een achterstand van drieëndertig jaar. Ik moest schrijven en niet bang zijn voor taalfoutjes. Juist door die honderden, duizenden foutjes zou ik de taal leren.

Ik hoefde Frederik van Eeden nu nog niet te begrijpen, ik moest de woorden leren die hij gebruikt had en bedenken waar ik mijn eerste Nederlandse verhaal wilde laten spelen.

Het ligt hier voor u, lezer.

Een Nederlandse zakenman had een magazijn geopend in een grote opslagruimte van een oude boerderij waar vroeger de aardappeloogst bewaard werd.

De boerderij lag aan de weg waarlangs de bewoners van het kamp dagelijks in groepjes per fiets of te voet naar de stad gingen.

De zakenman verkocht tweedehandsspullen: bedden, kasten, lampen, fietsen, stofzuigers, wasmachines, vorken, messen, stoelen, radio's, tv's, borden en wat je nog meer in huis nodig hebt.

Het waren artikelen die een kwarteeuw geleden heel modern waren, maar nu afgedankt werden.

De meeste vluchtelingen kwamen uit oorlogsgebieden als Afghanistan, Irak, Servië, Kroatië, Somalië en Ethiopië en ze neusden graag rond in zijn magazijn. Voor hen was alles behoorlijk modieus.

De gezinnen die op hun verblijfsvergunning wachtten, spaarden hun zakgeld, leenden nog wat van anderen, keerden hun noodpotje om en kochten spullen voor hun droomhuis. Omdat ze vaak lang moesten wachten totdat ze een woning aangeboden kregen, bedacht de handelaar een oplossing. Wie een grote aankoop deed, kreeg opslagruimte in de berging waar vroeger de uienoogst bewaard werd. Zo verdiende de slimme zakenman goud aan die vreemdelingen.

Een van zijn vaste klanten was een kleine, alleenstaande Somalische vrouw. Na drie jaar in het kamp kreeg ze een appartementje op de vierde verdieping van een oud flatgebouw in de stad.

Met een paar andere mannen van het kamp besloot ik haar een handje te helpen.

We sjouwden haar meubels, spiegels en stoelen naar boven. Haar bed wilde niet. Het bleef op de derde verdieping tussen de trapleuning en de muur steken.

Het was een tweepersoonsbed voor twee lange Nederlanders. Vier Afghanen, Irakezen, Somaliërs of Ethiopiërs konden er ruim in liggen. Het bed was voorzien van een radio van het merk Philips, met vier speakers in de zijkanten verwerkt. Er was ook een hendeltje waarmee je de matras hoger of lager kon zetten om televisie te kijken.

De ongewone klanken in het trappenhuis maakten de Nederlandse buren nieuwsgierig. Ze bewonderden het bed. Een van de buren schoot ons met een gereedschapskist te hulp. Hij haalde het bed uit elkaar en we brachten de stukken een voor een naar boven. Helaas was alle moeite voor niets, want de slaapkamer van de Somalische was te klein voor het bed. Er zat niets anders op dan het bed in de woonkamer weer in elkaar te zetten. We plaatsten het onder het raam als een rustbank in een Somalische tuin. We gingen er met z'n allen op zitten en wachtten op het glaasje thee dat we van de Somalische zouden krijgen. De ingenieuze radio van het bed was jammer genoeg kapot, waardoor we het zonder muziek moesten doen.

'Hoe kom je aan dit stuk antiek?' vroeg de Nederlandse buurman.

'Het is geen antiek, ik heb er zevenhonderd gulden voor betaald', antwoordde de Somalische.

'Zevenhonderd gulden voor dit ding? Je had beter naar de IKEA kunnen gaan. Voor honderdvijftig gulden had je een passend bed met een losse radio kunnen kopen.'

De Nederlandse buurman bedoelde het goed, maar hij begreep het niet. Het bed waar hij nu op zat, was hetzelfde bed waarin de Somalische al jarenlang in haar dromen geslapen had.

Ik schreef een artikel vol taalfoutjes over een dergelijke ervaring tussen vreemdelingen en Nederlanders.

De dag daarna nodigde ik Miranda bij mij thuis uit. Toevallig scheen de zon die dag. Ik zette een stoel voor haar in de tuin en serveerde een schaal verse dadels en thee.

'Heerlijk', zei Miranda toen ze met gesloten ogen de warmte van de zon voelde, de thee dronk en een dadel proefde.

Ik begreep niet precies wat ze heerlijk vond, de zon, de thee of de dadel.

Ze trok haar rok op tot boven haar knieën en ik las mijn tekst voor.

Ze luisterde en corrigeerde me woord voor woord, zin voor zin.

Aan het eind van de middag waren haar benen een beetje rood van de zon. Ze opende haar ogen en zei: 'Je hebt een interessant artikel geschreven en dat ook nog in het Nederlands.'

Gesterkt door haar commentaar fietste ik tegen de avond naar de stadskrant. Er brandde licht op de tweede verdieping, waar de redactie werkte.

Hoe moest ik in mijn gebrekkige Nederlands al die bewakers, baliemedewerkers en stagiaires uitleggen waarom ik iemand van de redactie wilde spreken?

Dus pakte ik een steentje en gooide het tegen het raam.

Niemand reageerde. Ik gooide nog een steentje. Een man draaide zich even om en ging verder met zijn werk. Bij het derde steentje keek hij naar buiten. Ik zwaaide met mijn tekst. Hij opende het raam.

'Wat is er?' riep de man.

'Ik heb een tekst.'

'Wat zeg je?'

'Een verhaal', riep ik.

Hij gebaarde dat hij eraan kwam.

Bij het licht van de lantaarnpaal las hij het verhaal.

'Ik zal kijken wat ik ermee kan doen', zei hij en hij noteerde mijn naam en adres.

De volgende dag stond het verhaal in de krant.

Mijn eerste in het Nederlands geschreven verhaal was gepubliceerd.

Onder mijn eigen naam.

15. Busselinck & Waterman

Hier in onze straat, op de Lauriergracht, staat een groot pand; het is de koffievennootschap van Busselinck & Waterman. Ze zitten al vierhonderd jaar in de koffiehandel en hoewel ik geen bedreiging voor de firma ben, negeren ze me.

Op de beurs gedragen hun medewerkers zich haast onbeschoft. Ze doen alsof ik niet besta.

Een van hen had een obsessie met oosterse vrouwen. Iedere keer als wij elkaar tegenkwamen, maakte hij smakeloze opmerkingen.

'Gaan moslimvrouwen gesluierd onder de douche staan?'

'Lekkere vrouwtjes met zo'n deken over hun hoofd.'

‘Je bent een bofkont. Straks staat thuis het eten voor je klaar, maar ik moet altijd een schort voordoen om voor mijn vrouw te gaan koken.’

Ondanks het feit dat ik met niet meer dan een flauwe glimlach reageerde, hield hij nooit op. Tot vorige week. Het werd zijn laatste grappig bedoelde opmerking.

Op de beurs stapte hij bij me in de lift.

‘Je bent zeker op reis geweest?’

‘Ja, naar Duitsland’, zei ik.

‘Als je vrouw in de winkel staat, stijgt de omzet. De koffie die zij verkoopt, is lekkerder’, zei hij met een gemene glimlach.

Misschien had hij geen kwade bedoelingen, maar voor mij was het de druppel. Het bloed steeg naar mijn hoofd. Ik verloor mijn zelfbeheersing en met een hand op mijn rug en een wijsvinger dreigend in de lucht, riep ik: ‘Saul, Saul, Saul, moest ik zuchten als David zal ik vluchten dan ben ik verheven, maar ik zal je niet vergeven wat jij tiran aan mij hebt gegeven uit nood, nood, nood, nood!’

Hij wist niet hoe gauw hij de lift moest verlaten.

Er was eigenlijk niets bijzonders gebeurd, ik had alleen een couplet van het Nederlandse volkslied, het Wilhelmus, in een rommelige volgorde hardop gezegd, het couplet dat over het geklaag van prins Willem van Oranje ging, die op de vlucht was:

Als David eh … vluchten
Voor Saul den Tyran:
Soo heb ick voor Saul
Met menich Edelman:
Maer Godt, maer Godt
Verlost uit alder noot,
Een Coninckrijk (…)
In Israel seer groot.

Volgens Nederlandse maatstaven ben ik wellicht een geslaagd handelaar, anders had geen enkele bank me het krediet gegeven waarmee ik dit kleine pand kon verwerven. Toch heb ik vanaf het begin geweten dat Nederland mij niet nodig had als koffiehandelaar. Dat was alleen een tussenstap.

De koffievennootschap van Busselinck & Waterman gaf laatst een groot feest ter gelegenheid van het vierhonderdjarig jubileum. Ze hadden alle koffiehandelaren van Amsterdam uitgenodigd, behalve mij.

Ik zag hoe de concurrenten zich met hun echtgenoten in feestelijk kostuum naar het feest begaven. Mijn mond viel open toen de koningin passeerde. Ze droeg een geweldige oranje hoed, wierp een korte blik naar binnen en zette haar wandeling voort naar Busselinck & Waterman.

Ik heb een stapel manuscripten in mijn winkel liggen, maar het is me niet gelukt om ook maar een van mijn romans in Nederland uit te geven. Daarom zit ik nog altijd in de koffiehandel.

Enkele van die boeken zijn even belangrijk als de *Max Havelaar*. Op zoek naar een kraai herlees ik dat meesterwerk van Multatuli.

Het kan me niet veel schelen hoe de medewerkers van Busselinck & Waterman over mij denken.

Ik kijk uit naar de dag dat die vervelende medewerker een gloednieuw boek op het bureau van zijn baas legt.

'Wat is dit?' zal de man vragen.

'Het debuut van die Pers! Van Lauriergracht 37.'

16. Prinsengracht 263

Mijn vader huilde nooit. Als hij bedroefd was, liep hij naar de tempel van de onbekende heilige. Daar knielde hij naast het graf, tikte zachtjes met een steentje tegen de grafsteen, praatte met de heilige en als hij zich weer beter voelde, wandelde hij terug naar huis.

In Amsterdam is geen graf van een heilige, daarom loop ik naar Prinsengracht 263, naar het Anne Frank Huis. Ik stel me voor dat ik vanuit het zolderraam naar de kastanjeboom kijk, de boom waar Anne Frank in haar dagboek over geschreven heeft:

'Onze kastanjeboom staat van onder tot boven in volle bloei, hij is vol met bladeren en veel mooier dan het verleden jaar.'

Als ik me verdrietig voel ga ik daar vlakbij onder een oude boom zitten.

In de kruin van die boom zit al jarenlang een nest waar een bejaarde kraai woont. Kraaien kunnen wel honderd jaar worden. Deze kraai vliegt zelden meer en niemand let op hem. Volgens mij ben ik de enige die van zijn bestaan afweet. Hij kent mij en weet waar mijn winkel is. Als het donker is, stapt hij uit zijn nest, springt op een tak en kijkt of er niemand is. Dan vliegt hij over de gracht naar mijn winkel. Hij pikt de stukjes oud brood op die ik voor hem neergelegd heb en drinkt wat water uit een schaal die speciaal voor hem is. Als hij genoeg gegeten en gedronken heeft, vliegt hij weer terug naar de boom.

Deze kraai is een getuige, hij heeft gezien wat er de afgelopen eeuw in Amsterdam is gebeurd: de Duitse bezetting, de vervolging van de Joden en komst van de Turken en de Marokkanen die als gastarbeiders kwamen.

Anne Frank inspireert me. In een onmogelijke tijd wilde ze schrijfster worden. Ze heeft het succes van haar boek niet mee kunnen maken, maar haar verbeeldingskracht heeft het geweld overleefd.

Vandaag is het zondag en de zon schijnt, ik zie mensen in de schaduw van een boom in hun tuinen zitten.

Mijn pand heeft geen achtertuin, ook geen balkon. Ik kon het niet langer volhouden op zolder en ging naar het Vondelpark.

Hoewel het erg druk was, had ik er geen last van. Ik kan me uitstekend afsluiten en concentreren op het schrijven.

Nadat ik een paar uur gewerkt had, ging ik even bij Denis langs in zijn eetcafeetje aan het plein om met hem een sigaretje te roken.

Denis ken ik van mijn verblijf in het opvangcentrum. Hij was lid van een ondergrondse Koerdische verzetsgroepering die voor de autonomie van de Koerden in Turkije vocht. We zijn nu oude vrienden, eigenlijk twee broers, en ook onze vrouwen en dochters hebben goed contact met elkaar. Zodra Denis mij ziet, veegt hij zijn handen schoon aan zijn kebabdoekje en loopt met zijn pakje shag naar buiten om samen met mij een sjekkie te roken.

Toen ik dit plein voor het eerst bezocht, waren alle winkels nog in handen van Nederlandse zakenlui: een biercafé, een oude sigarenwinkel, een paar souvenirwinkels die in Delfts blauw handelden, een fotowinkel, een apotheek, een kleine, aangename boekhandel en een paar kledingzaken. Nu zult u uw ogen niet geloven. De voormalige vluchtelingen hebben de zaken allemaal overgenomen van de Nederlanders. Met een beetje fantasie kun je zeggen dat je de bomen op het plein haast niet meer ziet door de rook van de kebab uit oosterse restaurantjes. Ik ken al die zakenlui, ze kopen hun koffie bij mij.

Denis is begonnen met een kleine shoarmazaak in Amsterdam-Oost. Hij heeft die nog, maar hij heeft onlangs ook hier een zaak geopend en die loopt heel goed.

'Je winkel ligt mooi hier aan het plein', zei ik een keertje tegen hem.

'Maar ik denk aan een grote, luxueuze shoarmazaak in een oud pand, op een mooie plek aan de Herengracht. En later nog een, op het Leidseplein naast de schouwburg.'

We lachten hardop en rookten onze sigaretjes.

Denis heeft een dochter die Aline heet, ze is hier geboren en studeert aan de Amsterdamse modeacademie. De Koerdische vrouwen zijn per definitie mooi, maar Aline is een Amsterdams-Koerdisch meisje, dus twee keer zo mooi.

Ze is de toeverlaat van Denis, ze regelt al zijn bankzaken, belastingaangiftes en andere administratieve zaken.

Als ik eerlijk ben, zijn alle dochters van de immigranten bijzonder. Ze zijn zelfstandig en staan pal achter de zaken van hun vaders.

Vorige week had Aline haar diploma-uitreiking. Ze had haar eerste modeshow samengesteld. Denis belde mij op: 'Ga je mee?'

De vrouwen waren al eerder vertrokken. Ik trok mijn beste kleren aan en reed naar het plein om Denis op te halen. Hij waste zijn handen een paar keer goed met zeep, trok zijn nieuwe pak aan, deed zijn das om en stapte in de auto.

'Je ruikt sterk naar vlees', zei ik toen we een tijdje gereden hadden.

'Echt waar?'

'Naar schapenvlees.'

Ik stopte bij een avondwinkel. Denis kocht een bus deodorant, spoot wat op zijn kleding en zijn hoofd, streek met zijn handen door zijn haar en kwam weer in de auto zitten.

Ik draaide de ramen een beetje open om de auto te luchten. Als twee belangrijke Amsterdamse heren reden we naar de academie.

Sommige meisjes hebben andere dromen. Zoals Niloe.

Op het plein is ook een Afghaanse winkel waar je allerlei soorten oosterse eetwaren kunt halen. De winkelier heet Djamal, het is een familiezaak. De vader, de moeder en de vrouw van Djamal staan altijd in de winkel.

Zijn dochter Niloe staat na schooltijd vaak achter de kassa. Ze is een jaar of veertien.

'Hallo Niloe, wat wil je later worden?' vraag ik als ik haar zie.

'Dokter', zegt ze dan met een glimlach, om haar vader gelukkig te maken.

Wie niet goed kijkt, zou Niloe een lelijk eendje kunnen vinden. Mij heeft ze een keertje toevertrouwd dat ze ooit de schoonheidskoningin van Nederland wil worden.

Het is een geheim tussen Niloe en mij, tot ze het mooiste meisje van dit land is.

Dan kan de kraai het aan iedereen laten weten.

17. Koffie

Hoewel ik handelaar in koffie ben, drink ik zelf maar weinig koffie.

Ik ben een Pers en de Perzen zijn theedrinkers. We kweken de lekkerste theeplanten van de wereld. Theeplanten noemen we daar 'theetakken'. Eigenlijk is het een boompje dat tot drie meter hoog wordt. De bladeren zijn groen en fris. Bij ons worden ze door meisjes heel teder geplukt. Ze maken ze blaadje voor blaadje schoon en leggen die op een speciale houten plank in de milde zon. Nadat ze gedroogd zijn, gaan de bladeren naar de markt. Deze thee is Perzische thee. Als je hem zet, vult de geur het hele huis, de binnenplaats en de steeg. Iedereen weet dat je theedrinkt. En ook dat je dat niet alleen doet. Je drinkt thee met een vriend, met je dierbaren of met je geliefde. Je drinkt bittere thee als je vader overleden is. En als je koffiehandelaar geworden bent.

Thee is een deel van de identiteit van een Pers. Theeglazen zijn alom in onze literatuur aanwezig. Je komt haast nooit het woord 'koffie' in onze verhalen tegen.

Achter in mijn winkel staat een samowar. Het is een kleine goudkleurige die ik op een rommelmarkt op het Museumplein heb gekocht. Hij staat de hele dag aan.

Mijn eerste kennismaking met koffie dank ik aan de moeder van mijn vader. De verhalen die ze aan haar kleinkinderen vertelde, waren allemaal exotisch.

Een van die verhalen ging over koffie, iets wat we niet kenden. Mijn grootmoeder vertelde dat ze haar eerste kopje koffie in een karavanserai in het buurland Irak had gedronken, onderweg naar de heilige stad Karbala.

'Na een week lang in de woestijn op kamelen gereden te hebben, kwam ik op een avond met mijn twee oudste zussen bij een karavanserai aan waar we een paar dagen mochten rusten. Doodop rolden we een tapijt tegen de muur, gingen zitten en strekten onze verkrampte benen. Een Ethiopiër, met een kolenkachel in zijn hand en een mand op zijn rug, vroeg of we koffie wilden. Ja, natuurlijk wilden we dat. De Ethiopiër brandde de koffiebonen, maalde ze ter plekke, bereidde de drank in een klein pannetje en schonk hem in drie kommetjes.

We hadden nog nooit koffiegedronken. Overweldigd door de geur, kleur en bijzondere, bittere smaak van de koffie samen met het zoet van de suikerklontjes die we eerder in onze monden gestopt hadden, genoten we van deze eerste kennismaking en bestelden nog een kopje. Maar zonder dat we het wisten, hadden we iets doms gedaan. We hadden de sterke koffie op een lege maag gedronken, niet wetende dat koffie een krachtige drank was. Wij, die zo moe waren en altijd beleefd; wij, die gewoonlijk zo rustig waren, begonnen hardop te praten. We giechelden. De koffie had zijn werk gedaan en we hadden onze mannen in verlegenheid gebracht. Voor ons dwaze gedrag moesten we in Karbala vergiffenis vragen bij de heilige Imam Hoessein.'

Het verhaal hoe ik zelf in aanraking kwam met koffie is niet zo poëtisch als dat van mijn grootmoeder.

In de periode dat ik druk bezig was om mijn vrouw en dochter met bemiddeling van de Verenigde Naties naar Nederland te halen, kreeg ik een brief van de gemeente dat dat niet mogelijk was omdat ik noch een verblijfsvergunning, noch een baan had.

Aan die verblijfsvergunning kon ik weinig doen. Werk zoeken kon ik wel.

Met hulp van Miranda schreef ik sollicitatiebrieven naar gemeentelijke en andere overheidsinstellingen, maar niemand nodigde me uit voor een gesprek.

In die tijd was ik dag en nacht bezig met de Nederlandse taal.

Ik had ondertussen een nieuw verhaal geschreven. Miranda las het, corrigeerde het en gaf het me terug. 'Mooi, je Nederlands wordt steeds beter.'

'Zaten er veel foutjes in?'

'Ja, natuurlijk,' zei ze glimlachend, 'maar ik heb ze allemaal verbeterd. Je beschrijft sommige dingen anders dan anderen, ik twijfel of ik ze moet veranderen of laten staan. Ik denk dat het jouw stijl is en het maakt het verhaal juist mooier. Wacht even.'

Ze haalde een krantenknipsel uit haar rugzak: 'Dit is het adres van een groot koffiebedrijf. Ze zoeken een medewerker voor de productieafdeling. Ik denk dat je kans maakt.'

Het was een Amerikaans-Nederlandse fabriek. Ik verwachtte niet dat ze me zouden aannemen, maar ze bleken me te kunnen gebruiken.

Ik werkte in ploegendienst, liep langs de lopende band, controleerde de koffie, nam monsters, testte die in het laboratorium en vulde de formulieren in.

Ik was blij met die baan en ik verdiende precies tien procent boven het minimumloon.

De chef van de afdeling was tevreden over mijn werk, maar het was een dodelijk saaie baan. Langs de productielijnen lopen om alles in de gaten te houden, was niet wat ik graag deed. Mijn gedachten schoten alle kanten op.

Als ik thuis was, begon ik meteen aan mijn verhalen. Ik stuurde mijn teksten per post naar Miranda. Ze keek alles woord voor woord na en bracht ze terug.

Ik klaagde bij haar dat de tijd zo traag verstreek op het werk en dat ik misschien duizend keer per dienst op de grote klok keek. Op een avond zei ik tegen haar: 'Geef me gedichten, Miranda, verlos me van mijn leed!'

Voortaan bracht ze steeds een paar nieuwe Nederlandstalige gedichten mee.

Ik noteerde ze op een klein papiertje dat in mijn handpalm paste. Als ik langs de productielijnen, langs de grote ovens waar de koffiebonen werden gebrand en langs de maalmachines liep, neuriede ik die gedichten, bedwelmd door het aroma van de koffie.

Dit gedicht van Guido Gezelle deed me de grote klok vergeten:

'k Heb menig uur bij u
gesleten en genoten,
en nooit en heeft een uur met u
me een enklen stond verdroten.
'k Heb menig menig blom voor u
gelezen en geschonken,
en, lijk een bie, met u, met u,
er honing uit gedronken;
maar nooit een uur zo lief met u.

18. De weg

De komst van mijn vrouw en mijn dochtertje liet nog een paar jaar op zich wachten. Om te zorgen dat mijn vrouw en kind in Iran veilig zouden zijn, hadden we voor mijn vertrek voor de schijn een echtscheiding geregeld. Nu was dit een struikelblok geworden. Ik moest bewijzen dat we niet gescheiden waren, anders kon ze niet komen.

Ik vroeg me dikwijls af hoe het zou zijn om ontslag te nemen en alleen maar te schrijven. Die gedachte verwierp ik meestal snel. Zonder baan was er geen kans om mijn vrouw en kind naar Nederland te halen.

Mijn teksten schreef ik voornamelijk met potlood om mijn taalfoutjes te kunnen uitgummen. Nog niet zo veel mensen hadden een computer, maar Miranda had er een gekocht voor het schrijven van haar scriptie. Mijn verhalen verhuisden van het papier naar de computer.

Ik kon niet goed koken, maar als tegenprestatie kookte ik een paar keer Perzisch voor haar en we aten naast haar computer terwijl zij mijn teksten nakeek. Soms bleef ik langer bij haar, we dronken iets en praatten over van alles en nog wat.

Op advies van Miranda ging ik hoorcolleges volgen om me te verdiepen in de Nederlandse taal en literatuur.

Ik studeerde hard, naast mijn slopende werk. Ik stelde zulke hoge eisen aan mezelf dat ik roofbouw pleegde. Zowel op het werk als in de collegebanken viel ik regelmatig in slaap. En als ik in bed lag, piekerde ik de hele nacht over mijn ongelukkige leven.

Nu ik een vaste baan had, verdiende ik genoeg om mijn gezin te kunnen onderhouden. Ik bleef de VN met brieven bestoken en bij de gemeente liep ik de deur plat met telkens dezelfde vraag: wanneer kan ik mijn vrouw en dochter in mijn armen sluiten?

De medewerkers van de gemeente konden niets toezeggen. Toch hadden ze oog voor mij en zonder dat ik het wist, hebben ze me geholpen. Samen met de advocaat van het asielzoekerscentrum zorgden ze voor een verblijfsvergunning. Het kwam door mijn eerste verhalen. Of misschien kwam het door Miranda. Zijn kopieerde mijn teksten en stuurde ze naar mijn advocaat. 'Vroeger raasden er treinen door mijn dromen. In grote aantallen bezorgden ze me nachtmerries. Tegenwoordig zijn het vliegtuigen die in mijn slaap komen. De vliegtuigen landen, de vliegtuigen vertrekken. Ze vervoeren passagiers naar mij. Daarna vliegen ze leeg terug.'

Ik weet nog precies hoe ik me voelde toen ik de brief over de verblijfsvergunning las.

Mijn dochtertje was groot geworden en ook mijn vrouw was veranderd, de sporen van het meisje dat me bij de Amerikaanse ambassade had geholpen, waren verdwenen.

In het begin was het geweldig leuk. We woonden in het huis langs de dijk. Geleidelijk merkte ik dat de moeilijke jaren in Iran en mijn vlucht heel zwaar voor mijn vrouw waren geweest.

Mijn politieke activiteiten en de gevolgen daarvan hadden haar leven tot een hel gemaakt. Ze wilde rust, ze wilde een gezin, maar dat kon ik haar niet geven. We waren langzaam uit elkaar gegroeid. Mijn vlucht had de situatie veranderd. Nu we hier herenigd waren, dachten we dat we het verleden achter ons hadden gelaten. Maar juist nu, in de rust van de polder, werden we allebei gegrepen door dat verleden. Bovendien had de vlucht mij totaal veranderd.

Ik deed alles om het huis plezierig te maken voor hen, maar het ging moeizaam. Er was een kloof tussen ons ontstaan die door de periode van scheiding alleen nog maar dieper was geworden. Ik had behoefte om alleen te zijn, met mijn werk bezig te zijn, mijn eigen contacten te hebben, maar met hen erbij kon dat niet meer. Ik moest werken, daarnaast studeerde ik en ik moest ook nog de tijd vinden om te schrijven. Ik was prikkelbaar geworden, reageerde hard op elke kritiek van mijn vrouw en we maakten ruzie om kleine dingen.

Zo kende ze me niet meer. Ze vermoedde dat ik met een andere vrouw contact had. Ze vroeg of het waar was en ik ontkende het.

Het paste niet bij mij om mijn vrouw en kind in de steek te laten, dat wilde ik ook niet. Ik moest de balans in mijn gezin terugvinden om te kunnen schrijven en ik voelde de tijd door mijn vingers glippen.

Op een vrijdagavond toen ik vanaf het station terug naar huis liep, had Miranda me een paar keer geroepen. Ze fietste achter me aan, maar ik was zo in gedachten verzonken dat ik haar niet gehoord of gezien had. Zittend op haar fiets legde ze haar hand op mijn schouder en zei: 'Waar ben je met je gedachten?'

Ik schrok.

'Wil je een lift?' vroeg ze.

Ja, ik wilde bij haar achterop springen, maar ik deed het niet. Die plaats achterop was niet voor mij bedoeld.

'Ik wil kijken hoe je fietsend verdwijnt in de regen', zei ik.

Miranda fietste, zwaaide en verdween in de regen.

19. Kameraden van vroeger

Gisteren kwamen Morad, Farida en Samad bij mij langs, we wilden samen naar een betoging op de Dam tegen het Iraanse regime gaan.

Ik ken ze alle drie uit mijn studententijd in Teheran. Ze werden gearresteerd en daarom konden ze hun studie daar niet afmaken. Ze vluchtten enkele jaren voor mij uit het vaderland en kwamen net als ik toevallig in Nederland terecht.

Morad heeft zijn studie in Nijmegen afgerond, hij is nu projectmanager bij de Nederlandse Spoorwegen. Samad heeft zijn studie aan de Erasmus Universiteit voltooid, hij is een vakkundige en gewaardeerde hartchirurg geworden.

'Je bent een Perzische heelmeester die de gebroken Hollandse harten weer heelt', grappen we tegen hem.

Farida is huisarts geworden, ze heeft een praktijk in Den Haag. Ik kende haar al als eerstejaarsstudent aan de universiteit van Teheran, haar zwarte haar golfde schitterend over haar schouders.

'Je bent blond geworden, Farida, waar zijn je zwarte krullen', zeg ik plagend.

'Bij het huis van mijn vader achtergelaten', antwoordt ze dan.

Ze praat altijd vol enthousiasme over haar patiënten: 'Ik

heb klanten uit honderdvijfendertig verschillende culturen die allemaal Nederlands spreken. Het is fascinerend, elke dag is een nieuwe ervaring voor me. Ik leer er zo veel van.'

Ik ben trots op hen, ze weten dat ik schrijf, ik vertel ze er soms iets over. Ik ben niet gelovig, ook niet bijgelovig, maar toch ben ik bang dat als ik met iemand over mijn boeken praat, ze in rook opgaan.

Het is niet zo dat ik mijn thuis en mijn doden verlaten heb om hier op Lauriergracht 37 tot het einde van mijn leven koffie te verkopen.

Had ik al verteld dat ik een stapel manuscripten in de winkel heb liggen, en dat het me nog niet gelukt is om ze uit te laten geven?

Al jaren stuur ik mijn manuscripten naar verschillende uitgeverijen, maar ik krijg telkens dezelfde reactie: 'Uw verhaal is bijzonder, maar het past niet in ons fonds.'

Ik heb geduld, mijn tijd zal komen.

Ik heb mijn manuscripten hier in de berging tussen de koffiebalen in een kast gelegd, ik wacht geduldig, net als mijn woorden en zinnen. Ik wacht geduldig net als de oude Perzische koning, die in het begin van de vorige eeuw Amsterdam bezocht en erover in zijn dagboek schreef. In een van mijn manuscripten heb ik de herinnering van de koning geleend.

Hij schrijft: 'Amsterdam is een mooie stad, de straten zijn schoon, de huizen zijn als koekjesdozen die op elkaar gestapeld zijn, je denkt dat de stad door kinderen is gemaakt. De koning van Holland is ziek, hij heeft een kleine dochter. Als hij doodgaat, zal zij hem opvolgen. Als het bij ons ook had gekund, hadden we onze dochter Tadj Olsultan als onze opvolger benoemd.

We reden met een rij koetsen door de stad. Er stonden

ontzettend veel mensen in twee rijen langs de straten om ons te bewonderen. We hebben veel mooie vrouwen gezien, volgens mij heeft dit land geen lelijke vrouwen.

De mensen hadden nog nooit een Pers gezien, laat staan een Perzische koning. Ze drongen zich naar voren, zwaaiden naar ons en sommige vrouwen stuurden met hun hand een kus naar ons. We voelden ons er ongemakkelijk onder, maar we hadden plezier.

We overnachtten in een bijzonder hotel langs een kanaal, het was heel schoon en we hebben goed kunnen slapen. Het zijn beschaafde mensen, die Hollanders.'

20. Het beeld

Vandaag regent het de hele dag al hard, er zijn bijna geen klanten binnen geweest. In een brief aan een Perzische kameraad in het vaderland probeer ik de regen uit te leggen. Maar ik heb de juiste woorden niet. Daarom maak ik een Perzische vertaling van een gedicht van J.C. Bloem. Want alleen een echte Nederlandse dichter kan dit weer beschrijven:

Het regent en het is november
Weer keert het najaar en belaagt
Het hart, dat droef, maar steeds gewender,
Zijn heimelijke pijnen draagt.
Altijd november,
Altijd dit bange hart.

Als ik mijn brief geschreven heb, maak ik gebruik van de rust om de rest van mijn verhaal te vertellen.

Ik weet niet precies hoelang ons gezin al herenigd was, maar na enige tijd kreeg ik weer nachtmerries, ik verloor mijn vrolijkheid en raakte verbitterd. Ook het schrijven ging niet meer, ik kreeg oogpijn, hoofdpijn en werd agressief.

Thuis werden de ruzies heviger. Ik stond niet meer voor mezelf in. Op een nacht dreigde een ruzie uit de hand te lopen. Ik trok de deur achter me dicht.

Het was koud buiten, de plassen waren bevroren, ik liep naar de dijk. Twee motoragenten hielden me tegen.

'Wat doe je hier midden in de nacht?' vroeg de ene.

'Ik wandel.'

'Dit is niet het juiste tijdstip om te wandelen. Ga lekker naar huis', zei de andere agent vriendelijk.

'Ik wil niet naar huis', zei ik.

'Waarom niet?'

'Ik ben bang.'

'Waar ben je bang voor?'

'Voor mijn handen.'

'Waarom ben je bang voor je handen?'

Ik zei niets. Het licht van zijn zaklantaarn viel op mijn gezicht. De andere agent zei iets door zijn semafoon. Later bleek dat hij om een politieauto had gevraagd die mij bij het Leger des Heils afleverde.

De grote zaal zat vol zwervers. Men verwachtte een koude nacht en had extra bedden neergezet.

Een hele week vond ik daar onderdak.

Het Leger des Heils leek het eindstation. Ik heb respect voor degenen die daar werken, het zijn eerbiedwaardige mensen, ze boden me de mogelijkheid om na te kunnen denken. Een gezin onderhouden, werken, studeren, verhalen schrijven en mijn verleden verwerken kon ik dragen, ik moest het alleen anders aanpakken. Op de zevende dag wist ik wat ik moest doen.

Ik diende mijn ontslag in.

'Waarom?' vroeg de productiechef. 'Als je blijft, zal ik een betere baan voor je regelen.'

'Nee, dank u, mijn toekomst ligt ergens anders.'

Ik nam afscheid van hem en ging door naar de kamer van de Amerikaanse afgevaardigde in het bedrijf. Normaal mocht een medewerker nooit op de directieafdeling komen. Als je iets nodig had, moest je het met je directe chef regelen. Maar ik was nu geen medewerker meer.

'Come in!' riep de Amerikaan.

Hij was een man van mijn leeftijd en hij had me weleens op de productieafdeling gezien.

'Wat kan ik voor je doen?' vroeg hij in het Engels.

Ik liet hem weten dat ik ontslag had genomen en zei: 'Kunt u ervoor zorgen dat ik zo nu en dan bij de afdeling afgekeurde producten inkopen mag doen?'

'Afgekeurde producten?' vroeg hij verbaasd.

'Ik heb een plan.'

'Een plan met afgekeurde producten?'

'Nee, een droom over de Nederlandse literatuur.'

'What are you talking about?' zei hij glimlachend.

Ik vertelde hem over mijn plannen.

De Amerikaan maakte het onmogelijke mogelijk. Uit evaring wist ik dat bij de inspectie altijd een deel van de productie werd afgekeurd. Het afgewezen product mocht niet via de reguliere weg de markt op. Vaak was er niets mis met de koffie, maar er bleef altijd een risico bestaan dat de kwaliteit minder was. Zulke spullen belandden in het magazijn 'afgekeurde producten' en werden tegen veel lagere prijzen aan handelaren verkocht.

In het vaderland werden die waren door de kleine handelaren op het platteland aan de man gebracht. In Nederland komen deze producten op de markten terecht. Shampoo, zeep, parfum en tandpasta van grote merken kun je daar voor de helft van de prijs kopen.

Deze regeling gold ook voor koffie. Ik wist dat er niets mis mee was. Koffiebonen die iets te donker waren gebrand gaven juist extra aroma en smaakten zelfs lekkerder en voller dan de normale koffie. De selectiecriteria beantwoordden aan de Amerikaanse maatstaven. Ze waren gewend aan hun eigen koffie, waar ze veel karamel, chocola en suiker aan toevoegen, zodat er niets van de oorspronkelijke koffiesmaak overblijft.

De afgekeurde koffiebonen bood ik voor een zeer lage prijs aan, aan de Arabieren, Turken en mijn eigen landgenoten die restaurants in Duitsland hadden.

Ik schafte een tweedehandsbestelwagen aan en werd makelaar in koffie.

Ik heb het vaker gezegd en zal het herhalen: ik hou van het leven en geloof dat het leven ook van mij houdt.

Het ging steeds beter met mijn koffiezaak en omdat ik in vergelijking met andere koffiehandelaren verstand van kwaliteit had, kon ik altijd de beste afgekeurde koffie inkopen.

In een paar jaar tijd veroverde ik de markt van de immigranten in de Duitse steden. Ik verwierf zelfs een deel van de Nederlandse markt.

Na zeven jaar wist ik dit kleine pand aan de Lauriergracht no. 37 te kopen, waar ik beneden de winkel heb en boven met mijn vrouw en dochter woon.

Bij de Kamer van Koophandel sta ik officieel als makelaar in koffie geregistreerd, maar de Kamer van Koophandel kan niet bepalen wie ik ben.

Ik schrijf! Dat is mijn werk.

Ik zou het niet kunnen verdragen dat mijn voormalige kameraden voor hun idealen gedood zijn en in hun graven liggen, terwijl ik hier uitsluitend in afgekeurde koffie handel. Dat werk past niet bij het huis dat ik verlaten heb. Wat